Bis zum letzten Mann

Das Buch

BIS ZUM LETZTEN MANN ist ein Stück über Willkürherrschaft und Despotie, das das große Welttheater auf die Bühne bringt. Auf den Brettern dieses kleinen Kabaretts wird ein Drama aufgeführt, das mit schwarzem Humor Diktaturen karikiert, ein Stück jedoch, bei dem von Anfang bis Ende alles schiefläuft. Manuskripte werden ausgetauscht, Namen geändert, Personen gestrichen und Texte vergessen. Schauspieler verschlafen betrunken ihren Einsatz, müssen in andere Rollen schlüpfen, werden entlassen und erschossen. Das Stück droht zu scheitern. Und inmitten dieses absurden Theaters befindet sich der eigentliche Held dieses ganzen Dramas, der nichts von seiner Rolle ahnt...Sie, der Leser.

Der Autor

Yannick Dreßen, geboren 1982 in Düsseldorf, lebte lange Zeit in Köln und studierte dort Germanistik, Mittlere und Neuere Geschichte sowie Romanistik. Er begann eine Promotion in Literaturwissenschaft über *Narrative Strukturen und Erzähltechniken in den Romanen von Leo Perutz*. Mittlerweile wohnt er in Freiburg und arbeitet als DaF/DaZ-Lehrer und Dozent. Er hat bereits mehrere Werke in Selbstverlagen veröffentlicht. Seit 2017 betreibt er zudem einen Literaturblog unter eigenem Namen. Sein Romanprojekt *Verdichtet* stand auf der Longlist des Blogbuster Preises 2020.

www.yannickdressen.de

Yannick Dreßen

BIS ZUM LETZTEN MANN

Ein willkürlich missglücktes Lesedrama

Bibliographische Information der Deutschen Nationalbibliothek:
Die deutsche Nationalbibliothek verzeichnet diese Publikation in
der Deutschen Nationalbibliografie; detaillierte bibliografische
Daten sind im Internet über http://dnb.dnb.de abrufbar.

2. Auflage: 2021

Herstellung und Verlag:
BoD – Books on Demand, Norderstedt
Erstausgabe: 2012

ISBN: 978 -3-753-42079-0

„Ernst ist das Leben, heiter die Kunst."

(Wahrscheinlich soll dies das Motto sein, nach welchem Sie das vorliegende Werk zu lesen haben.)

dramatis personae

MUSTABED, Staatsoberhaupt

FASAD, seine Frau

CHADAM, sein Diener

SCHARES, Militärführer

SCHARARA, Gemüsehändler

QAUM, sein Bruder

KALEMAH, Journalistin

HUREYAH, Intellektueller im Exil

Irgendwo im Maghreb, vielleicht auch im Maschrek, auf jeden Fall im Frühling, noch nicht in einem weit fortgeschrittenen Frühling, aber schon zu Beginn der Knospen- und Blütenzeit. Die Hoffnung sprießt und der Blütenduft entfaltet sich rasch, die Früchte jedoch werden grausam abgeschlagen. – Mein Gott, wie poetisch!? Grausam, aber poetisch! *(Erschrocken)* Aber entschuldigen Sie – ich falle ja nun völlig aus der Rolle! Das ist ja meine subjektive Meinung, die hier völlig fehl am Platze ist. *(kurz zögernd, dann im Plauderton)* Aber wenn ich nun schon einmal die Illusion gebrochen habe, mache ich Sie gleich darauf aufmerksam, dass wir die Einteilung in Akte und Szenen im Folgenden unterlassen und einfach mit einer handlichen und übersichtigen Nummerierung von Handlungsläufen und Begebenheiten hantieren, des besseren Verständnisses wegen. Das Geschehen wird sich also folglich in einer offenen Form abspielen, so viel darf ich vorwegnehmen. Es wird damit auf eine starre Ordnung in fünf Akte verzichtet. Außerdem ist der ganze ästhetische Kram und diese hölzerne aristotelische Dramentheorie doch schon längst überholt. Nun, so etwas gibt es bei uns nicht. *(lachend)* Nein wahrlich nicht! Wir verfahren anders. Ich glaube, eine solche Art der Darbietung nennt man episches Theater. Dazu gehöre ich wohl auch. Also ich bin mit inbegriffen, ich bin ja der Erzähler und melde mich immer mal wieder zwischendurch zu Wort, um den Fortgang zu kommentieren oder in neue Handlungen einzuführen, so wie einstmals der Chor, wenn ich mich recht entsinne. Ich stehe sozusagen außen vor, also lediglich vor der Handlung, denn natürlich gehöre ich selbst auch zum

Theaterstück, *(nachdenklich)* zumindest irgendwie. Ich bin sozusagen der Nebentext. *(mit einer abwinkenden Handbewegung)* Aber sollen die Literatur- und Theaterkritiker sich doch darum streiten, inwieweit ich dem Drama inhärent bin. Also ich bin es nun mal. Schön! Soll ich mich kurz vorstellen? *(kurze Pause, danach auflachend)* Aber Quatsch, dies tut ja gar nichts zur Sache. Es geht hier ja auch nicht um mich, sondern um diese Geschichte. *(grübelnd)* Doch darf ich dieses Geschehen, in dem wir uns nun schon befinden, eigentlich Geschichte nennen? Es ist ja ein Drama, wenn auch keines im aristotelischen Sinne, dennoch ist die Konzeption tragisch, vielleicht auch komisch, in jedem Falle dramatisch und nicht episch, schon gar nicht lyrisch. *(mit verwirrtem Gesichtsausdruck)* Ach jetzt verzettle ich mich. Ich wollte doch gar nicht so viel erzählen und jetzt denken Sie bestimmt schon: Was ist das denn für ein Trottel? oder: Was für ein Angeber? So kann man doch keine Geschichte beginnen – ach entschuldigen Sie, kein Drama natürlich. Aber gut, ich komme ja immer weiter ab und verwirre Sie immer mehr. Dabei weiß ich ja noch nicht mal, wem ich nun diese Geschichte erzähle, oder nein, dieses Drama vorstelle. Sind Sie ein Leser? Oder sind Sie ein Zuschauer? Halten Sie nun ein Buch in den Händen und lesen sozusagen, was ich Ihnen vortrage, lesen meine Gedanken? Oder sitzen Sie gerade im Zuschauerraum und lauschen den wirren Worten eines Schauspielers? Denn auch der Erzähler, also ich in diesem Falle, muss ja durch einen eigenen Schausteller dargestellt werden. *(lacht)* Das ist in der Tat eine witzige Komponente dieses epischen Theaters! Denn derjenige, der da redet, bin ja gar nicht ich.

(plötzlich nachdenklich) Doch wer bin ich eigentlich? *(hadernd)* Nur ein Illusionsbruch? Ein Anstoß zum kritischen Denken? Ich weiß es ja selbst nicht. Jetzt verwirre ich mich selbst!

(von außen wird böse auf die Bühne, falls diese, wie gerade problematisiert, überhaupt existent ist, gerufen: Fang endlich an! Du bist nur der Erzähler und die Geschichte bzw. der Plot ist alles andere als lächerlich, sondern ernst, bitterlich ernst! Also gib den Stoff nicht dem Spott preis!)

Ja gut, man darf ja wohl noch ein wenig fabulieren! *(verdutzt)* Doch Moment…woher kam nun eigentlich diese Stimme? War es überhaupt eine Stimme oder lediglich eine kursiv gesetzte Anweisung? Wenn ich der Erzähler bin, wer steht denn noch über mir? *(scheinbar erleuchtet)* Das kann ja nur der Dichter sein, der hier willkürlich herrscht und über mich und dieses ganze Spektakel verfügt, wie er möchte. Also bin ich doch nur eine Marionette dieser Geschichte – ach entschuldigen Sie, dieses Dramas!

(wie zuvor: Nun beginne endlich! Falls du nicht willst, kann ich dich auch ganz einfach abschaffen, ich kann dich einfach ausradieren, noch mal von vorne anfangen, ohne dich und deine blöden Anmerkungen! Wir benötigen keinen Erzähler, ich hatte es nur gut gemeint!)

Nun aber nicht so hastig! Ich mache mich ja schon dran! *(Vertraulich)* Dieser Narr! Er legt mir doch selbst die Worte in den Mund! Und was soll nun dieses *(Vertraulich)* bedeuten? Soll ich nun leise sprechen? Und wenn Sie es nur lesen? Lesen Sie es nun *(Vertraulich)*? Herrje, hier ist ja einiges im Argen! Hier geht einiges verkehrt und fällt zusammen, was nicht zusammengehören sollte!

(wie eben: Nun reicht es! Willst du nicht hören, sollst du fühlen! Und bist du nicht willig, so brauch' ich Gewalt!)

Oh Gott, nun auch noch literarische Anspielungen! *(ängstlich)* Aber ohje, ich fühle mich schlecht! Wie wird mir plötzlich zumute? Ich spüre mich nicht mehr! Ich vergehe! Ich werde wegrationalisiert! So helfen Sie mir doch bitte! Schauen Sie doch nicht nur zu! Unternehmen Sie doch bitte etwas! Ich werde ausgelöscht! Ausgelöscht aus dem Leben und…und alle schauen nur zu! Keinen interessiert's! Das ist reine Willkürherrschaft!

(Erzähler verschwindet mit einem Schlag von der Bühne, falls das überhaupt machbar ist und falls die Bühne überhaupt existiert, ansonsten müssen Sie sich das irgendwie vorstellen…wobei Sie sich ja, wenn Sie nur lesen, nicht eine Bühne vorstellen sollen! Das wäre des Theaters nun doch zu viel!

Betretenes Schweigen.

Ja, betretenes Schweigen, mehr weiß ich gerade nicht zu berichten.

Was mache ich nun? Ja was soll ich denn jetzt ohne Erzähler? Plötzlich verkomme ich selbst zum Erzähler und schwadroniere vor mich hin. Ich dachte, ich sei der Dichter und bin es ja doch nicht! Ich bin ja nur die Regieanweisung! Ach Gott, wie will man das nun auf die Bühne bringen? Das gefällt mir gar nicht. Da will ich lieber den Erzähler wieder zurück!

Erzähler erscheint plötzlich wieder.)

Wie? Was nun? Jetzt bin ich wieder hier? Hat sich's wohl anders überlegt der gute Herr Dichter, wie? Kommt doch nicht ohne mich aus! Ist ihm zu einsam hier ganz allein!

(wie zu Beginn: Nun Schluss, walte deines Amtes! Und Schluss mit der Narretei! Spiel die Rolle, die ich dir aufzwinge! Die Leser bzw.

die Zuschauer gähnen schon und ich mache es ihnen gleich, wenn du weiter quasselst!)

Nun gut! Ich gebe mich geschlagen! Beginnen wir also noch einmal von vorn. Und Sie – Sie vergessen am besten diesen ganzen Mist, diese missglückte Einführung, diese Parabase…aber ach, ich schweife ja schon wieder ab!

Personen

WALTER, tyrannischer Despot, der mit aller Kraft seinen Thron behauptet

SIMONE, seine korrupte Frau

LAKAI, sein Berater und Diener, der immer fort Intrigen spinnt

HERMANN, brutaler Heerführer und unbarmherziger Polizeichef

ZÜNDEL, einfacher Händler, der den Flächenbrand entfacht

VOLKER, sein aufständischer Bruder

BRÜDERCHEN UND SCHWESTERCHEN, Geschwister von Zündel und Volker

METHEUS, denkender Soldat

FOLTERKNECHT, sadistische Gegenrolle zu Metheus

JUNGE, armer Gefangener

EINE JUNGE FRAU

EIN JUNGER MANN

EINE GRUPPE JUNGER LEUTE

SOLDATEN

JOURNALISTEN

DAS VOLK

DIE MASSE

(fassungslos) Wie denn? Jetzt werden auch noch die Namen geändert? Alte Figuren gestrichen, neue hinzugefügt? Was ist das nun für ein Unsinn? Und dann auch noch ihre Funktion im Stück beschrieben? Wer ist denn nun Protagonist und wer Antagonist? Jetzt findet ja keiner mehr zurecht und die Spannung ist dahin. Wie soll man sich so auf eine Rolle vorbereiten? Oder auf die Lektüre?

(wie bereits zuvor: Es ist nur des besseren Verständnis wegen. Nomen est omen! Das hätte doch niemand in der Lautschrift zuvor verstanden. Aber dich hat es doch überhaupt nicht zu interessieren! Und jetzt sieh zu, dass du vorankommst!)

Sie sehen, meine Damen und Herren, hier purzelt einiges durcheinander. Das wird im weiteren Verlauf wohl nicht anders sein! Doch kein Grund zur Besorgnis! Beachten Sie einfach den Paratext, Haupt – und Nebentext sind nicht so sehr von Bedeutung! Ich beginne also nun von neuem und hoffe, dass sich die Verwirrung legt! Ich wünsche Ihnen gute Unterhaltung. *(schaut verschmitzt in die Runde)* Denn deswegen sind Sie ja nun hier…nun oder lesen dieses Stück, um unterhalten zu werden, nicht wahr? Dem grauen Alttag zu entfliehen, auf andere Gedanken zu kommen, ein wenig Zerstreuung zu finden. Doch nicht des Nachdenkens wegen, oder gar des ästhetischen Anspruches. Da sind Sie hier fehl am Platze. Wenn Sie so etwas suchen, müssen Sie die Klassiker wälzen. Da ist genug ästhetisches Brimborium und massig zum Nach-denken drin! Ich verspreche Ihnen, hier ist nichts davon! *(das Publikum und Sie genau betrachtend)* Nun oder suchen Sie das tatsächlich? Wohlgeformte Blankverse im hohen pathetischen Sinne? Stille Größe und edle Einfalt? Dann gebe ich Ihnen nun hier die Gelegenheit, zu gehen…oder eben dieses Buch zur Seite legen. Stehen Sie auf, schmeißen Sie es weg, vergessen Sie die folgende Unterhaltung!

(kurze Pause, in der der Erzähler sich umschaut, ob jemand seinem Aufruf folgt…oder aber ob Sie nun das Buch beiseitelegen – das hängt ganz von der Konstellation ab…aber Grundgütiger, jetzt fang ich auch schon an)

(lächelnd) Ich sehe, Sie sind geblieben, Sie schauen noch, Sie lesen weiter. Ich wusste es doch Die Kunst ist tot, Sie wollen nur unterhalten werden! Das ist die Moderne…entschuldigen Sie, die Postmoderne – oder gar schon das, was nach der Post kommt!

(die Stimme meldet sich wieder: Um Himmels Willen, jetzt vergraul doch nicht unsere Einnahmequelle! Auch wir müssen doch von irgendwas leben! Was gibt das für eine Publicity? Entweder beginnst du nun sofort oder du warst die längste Zeit deines Daseins eine Figur in einem Stück! Zu sich: Herrje, das wird doch nichts mit diesem Typ!)

(räuspernd) Nun denn, ich beginne mit der Geschichte – ach verzeihen Sie, mit dem Drama:

Irgendwo im Maghreb, vielleicht auch im Maschrek, auf jeden Fall im Frühling, noch nicht in einem weit fortgeschrittenen Frühling, aber schon zu Beginn der Knospen- und Blütenzeit. Die Hoffnung sprießt und der Blütenduft entfaltet sich rasch, die Früchte jedoch werden grausam abgeschlagen.

1.

Die folgende Szenerie stellt ein prunkvolles Zimmer in einem herrschaftlichen Palast vor. Die Morgensonne scheint zwischen den güldenen Vorhängen hindurch.

LAKAI *(betritt eifrig des Despoten Schlafgemach und zieht die Vorhänge beiseite, so dass die Sonne grell hereinscheint)* Guten Morgen, Eure Exzellenz! Was für ein wunderschöner Tag! Ein herrlicher Tag! Ein weiterer herrlicher Tag in eurem wunderschönen Reich! Ja, aber schlafen Eure Majestät denn noch? Auf, auf! Die Welt wartet auf Euch! Sie wartet darauf, regiert zu werden! Sie wartet auf zugreifende Hände…und auf rollende Köpfe!

~~MUSTABED~~ *(entschuldigen Sie!)* WALTER *(dreht sich verschlafen im Bett herum und gähnt laut vor sich hin)* Aber Lakai…bricht denn schon wieder ein neuer Tag an? Kann ich denn nicht einmal ausschlafen? Mich erwartet doch niemand! Scher Er sich doch zum Teufel…ich möchte weiterschlafen! *(nimmt seinen Teddy und zieht sich die Decke über den Kopf)*

LAKAI Aber Eure Heiligkeit, das Reich regiert sich doch nicht von allein. Es braucht dringend einen wachen Geist und eine starke Hand.

WALTER *(unter der Decke murmelnd)* Ach jeden Tag das gleiche, ich bin es langsam satt!

LAKAI Aber Eure Eminenz…nun nicht so melancholisch! Überlassen wir das doch den grübelnden Köpfen! Wir sind die handelnden Arme! Auf, auf! Es gibt viel zu tun!

WALTER *(setzt sich aufrecht ins Bett und spielt mit seinem Teddy)* Ach Urlaub, ich bräuchte einmal Urlaub! Weiß Er, wovon ich geträumt habe? Ach, es war so ein schöner Traum!

LAKAI Nein! Wovon?

WALTER Ich träumte von einer dieser Feiern von Goldio, Er weiß schon, dieser italienische Monarch.

LAKAI Aber Eure Heiligkeit, er ist kein Monarch!

WALTER Kein Monarch? Na dann dieser römische Führer!

LAKAI Er ist auch kein Führer!

WALTER Kein Führer? Na dann der italienische König!

LAKAI König, auch das ist er nicht!

WALTER *(leicht erhitzt)* Na verdammt noch mal, was ist er denn?

LAKAI Ministerpräsident, das ist seine korrekte Bezeichnung. Er ist Ministerpräsident Italiens.

WALTER Ministerpräsident? *(schaut seinen Teddy an, als redete er zu ihm)* Was ist das für ein sonderbarer Titel für einen Despoten? Na ja, jedenfalls träumte ich von den guten alten Zeiten, von den Feiern, die er veranstaltet hat. Weiß Er noch, als wir den Vertrag unterschrieben haben, wo er uns Wirtschaftshilfe zusichert, ja gar Milliarden verspricht, und wir im Gegenzug nur darauf achten, dass unsere Leute nicht in sein Land flüchten? Warum sollten die denn auch? Hier bei uns ist ja das Paradies! *(träumerisch)* Aber die Feier danach…

LAKAI Ja, ich weiß es noch, Eure Hoheit!

WALTER Ach, was waren das für Tage! Frauen, Alkohol, Essen, alles was das Herz begehrte, und davon reichlich.

Er weiß wirklich, wie man Feste feiert, der gute alte Goldio!

LAKAI Ja, das weiß er wirklich!

WALTER Und erst die Frauen!

LAKAI Ja, die Frauen!

WALTER Ach ja, die Europäer wissen wirklich zu leben!

LAKAI Aber Eure Allgewalt, Euer Reich ist mitnichten schlechter. Hier leben alle in Harmonie! *(ängstlich zögernd)* Nur einzige Querulanten...

WALTER *(fährt wütend hoch und lässt seinen Teddy fallen, woraufhin Lakai zurückschrickt)* Was? Querulanten? Mein Volk liebt mich! Es gibt keine Querulanten in meinem Volk! Ich habe ihnen allen erst das Leben ermöglicht, das sie in Ehren führen!

LAKAI *(versucht ihn zu beschwichtigen, indem er sich vor ihm auf den Boden wirft)* Aber Eure Exzellenz, das weiß ich doch als Ihr untergebenster Diener!

WALTER Habe ich denn nicht ein Sozialversicherungssystem erschaffen?

LAKAI Oh doch das haben Sie!

WALTER Habe ich nicht die Armut bekämpft?

LAKAI Aber sicherlich!

WALTER Und habe ich nicht das Bildungswesen revolutioniert?

LAKAI Das hat Eure Heiligkeit in der Tat! Sie sind für den Wohlstand, für die Bildung, für die paradiesischen Zustände verantwortlich, in denen ihr ganzes Volk lebt. Erst durch ihre gottgesandte Revolution ist dieses Land zu jenem Paradies geworden, das es nun ist.

WALTER *(sucht plötzlich verbissen seinen Teddy, während Lakai ihn verwundert und untergeben anschaut)* Verdammt noch mal! Wo ist er? Wo ist er bloß?

LAKAI *(stößt den Teddy in Walters Richtung, blickt aber in eine andere)*

WALTER *(sieht seinen Teddy und stürzt sich erleichtert auf ihn. Er tätschelt ihn liebevoll)* Mach so was nicht noch einmal! *(nach wenigen Augenblicken besinnt er sich)* Was hatte Er als letztes gesagt?

LAKAI Eure Hoheit haben dieses Paradies erschaffen!

WALTER Nicht wahr? Ich habe das alles ganz allein erreicht, als ich damals die Alten gestürzt habe. Nur eine Handvoll loyaler Soldaten hatte ich damals im Bund grauer Offiziere. Und habe ich nicht alles eingehalten, was ich versprochen habe? Habe ich dieses Land nicht zum schönsten dieser Erde gemacht?

LAKAI Oh doch, Eure Mächtigkeit! Oh doch! Sie haben es vollbracht aus diesem Land ein geeintes prosperierendes Reich zu schaffen! *(eingeschüchtert)* Aber leider, Majestät, werden manche Eurer Einwohner vom Westen aufgewiegelt?

WALTER *(bestürzt)* Aufgewiegelt?

LAKAI *(vertraulich)* Ja, mein Herr, aufgewiegelt!

WALTER Vom Westen?

LAKAI Aber ja doch, vom satanischen Westen!

WALTER Er meint…

LAKAI Genau, das meine ich!

WALTER Aber wie…

LAKAI Gehirnwäsche, mein Allgütiger, Gehirnwäsche!

WALTER Und sie wollen...

LAKAI Ja, sie wollen Euch die Macht streitig machen!

WALTER Mir?

LAKAI Aber ja doch, dieser diabolische Westen hat überall seine Finger mit im Spiel. Seitdem er die Herrschaft in unseren Landen eingebüßt hat und nur noch der Zeit des Kolonialismus hinterher trauert, versucht er mit aller Macht, Unruhe zu säen.

WALTER *(springt wütend aus seinem Bett auf)* Die sollen mich kennenlernen! Mir die Macht streitig machen! Was meinen die, wer sie sind? Mein Volk liebt mich! Mein Volk steht hinter mir in allen Lagen! Gehirnwäsche... *(ballt die Faust)* ich werde denen schon zeigen, was sie mit ihrer Gehirnwäsche erreichen!

LAKAI Und deswegen müssen wir Härte und Entschlossenheit demonstrieren, sonst kommen die alten Kolonialisten wieder und entwenden Eurer heiligen Gesandtschaft das Reich!

WALTER *(springt zornig auf dem Bett herum)* Mir? Das Reich? Entwenden? Eher gehe ich mit Pauken und Trompeten unter!

LAKAI Und damit es soweit nicht kommt, muss der Tag begangen werden! Diejenigen im Volk, die geblendet sind und geschickt wurden vom Westen, um uns zu unterhöhlen, müssen die Härte unseres doch sonst so zarten Regimes spüren!

WALTER Ja, Lakai, da hat Er Recht! Wohlan denn nun, ich spüre, wie ich mein Land verteidigen muss! So bringe Er mir meine Gewänder!

LAKAI Sehr wohl, mein König! *(lachend zum Publikum gewendet)* Jetzt habe ich den Alten wieder! Das wird ein Spaß! Köpfe werden wieder rollen…*(drohend)* und eure auch, wenn ihr euch einmischt!

WALTER Mit wem redest du da? Lass das Publikum in Frieden! Sie wollen sich doch auch nur an meiner Herrlichkeit ergötzen! *(schreitet langsam und majestätisch, die Decke gleich einem Mantel übergeworfen, zu seinem goldenen Spiegel und betrachtet sich selbstverliebt)*

LAKAI Sehr wohl, ich hole eure Kleider! *(wendet sich dem Ausgang zu)*

WALTER Ja, ich bin der Mächtigste unter den Mächtigsten! Ich bin der wahre Messias! Ich bin des Volkes Wille! Ich bin das Volk! *(wendet sich von seinem Spiegelbild ab, stolziert stolz vor seinem Teddy herum und ruft seinem Diener hinterher)* Wo ist eigentlich meine Frau?

LAKAI *(ist bereits draußen)* Sie waltet bereits ihres Amtes! *(sollte er erwidern, doch kein Laut ertönt)*

WALTER *(verunsichert, fällt aus der Rolle, genervt)* Hallo? *(wartet auf ein Zeichen der Souffleuse, danach erbost)* Was ist das hier für ein Theater? Noch nicht einmal die erste Szene kann man zu Ende spielen? *(sucht unter seinem Bett das Drehbuch, findet es und blättert es durch)* Ah, sie waltet bereits ihres Amtes, verstehe!

LAKAI *(kommt keuchend noch einmal auf die Bühne)* Sie waltet bereits ihres Amtes!

WALTER *(zornig)* Zu spät, du Idiot! *(wirft dem fliehenden Diener das Manuskript hinterher)* Ach, auf niemanden kann man sich verlassen. Haben Sie das gesehen? Oder wenigstens gelesen? Schrecklich! Ich kann nur mir selbst vertrauen! *(mit Stolz geschwellter Brust)* Immerhin bin ich Walter, der mächtigste Despot, den die Erde je gesehen hat!

(Musik setzt ein)

(Walter beginnt zu singen und mit seinem Teddy zu tanzen)

> Walter heiße ich und spiele
> Den Despot mit aller Liebe!
> Rauschhaft ist der Willkür Macht,
> Selbst in mir ist sie erwacht!

> Diese Rolle steht mir recht –
> Mir geht's gut, den andren schlecht!
> Darf nun machen, was ich will,
> Alles hört auf meinen Drill!

> Walter heiße ich und spiele
> Den Despot mit aller Liebe!
> Rauschhaft ist der Willkür Macht,
> Selbst in mir ist sie erwacht!

> Ach, was ist das für ein Leben!?
> Immer nehmen und nie geben!
> Endlich habe ich erklommen
> Dieses Lebens höchste Wonnen!

Walter heiße ich und spiele
Den Despot mit aller Liebe!
Rauschhaft ist der Willkür Macht,
Selbst in mir ist sie erwacht!

2.

Diese Szenerie stellt ein ärmliches Haus dar, das aus zwei Zimmern besteht. Zur Straße liegt ein Gemüseladen, im hinteren Bereich ist ein spartanischer Wohn- und Schlafraum.

ZÜNDEL *(putzt sein weniges Obst und Gemüse, das mit einer heiß ersehnten Lieferung gekommen ist, und stellt es zum Verkauf aus)* Du darfst nicht immer alles so schwarzsehen, Volker! Nimm das Leben nicht immer so schwer, es wird dadurch nicht leichter! Immerhin leben wir noch, nun oder etwa nicht?

VOLKER *(vorwurfsvoll)* Und das reicht dir? Was ist das für ein Leben? Überall regiert Not und Elend! Gerade haben sie einen meiner Freunde entführt, weil er im Internet irgendwelche harmlosen Seiten angeschaut hat, auf denen bei uns aber anscheinend Hochverrat steht. Du verschließt die Augen vor dem Regime, das uns mit Füßen tritt, Scharara!

ZÜNDEL *(perplex, dann hastig aber leise)* Man, das ist mein alter Name. Hast du nicht das neue Manuskript?

VOLKER *(überrascht)* Was denn? Es gibt ein neues? Wieso weiß ich davon nichts?

ZÜNDEL Es steht doch im alten, du Dummkopf. Du kannst einfach nicht lesen. Ich heiße nun Zündel!

VOLKER Ach großer Gott, wie einfältig! *(wieder lauter)* Zündel, mein Bruder, ich sage dir, dieses ist kein Leben! Schau dich doch an! Wie weit hast du es gebracht? Zum

Gemüsehändler, mehr nicht! War das dein Traum? Willst du so enden?

ZÜNDEL *(aufgebracht)* Was soll ich denn tun? Meinst du, ich bin zufrieden? Nachdem Mutter gestorben ist und Vater ins Gefängnis geworfen wurde, war meine einzige Sorge, euch vier durchzubringen. Ich war stets darauf bedacht, dass ihr etwas zu essen habt. Das wenige Geld, das ich hier hart erarbeite, geht für eure Schule drauf, ja und für euer Essen! Meinst du denn, das Geld wächst an den Bäumen? Du bist ein Träumer, Volker, ein Narr! Sieh der Realität ins Auge! Oder soll ich auch verschleppt werden?

VOLKER Ich weiß doch, was du getan hast! Ich meine ja nur, man müsste sich wehren, man müsste rebellieren, man müsste aufstehen gegen diese Ungerechtigkeit! Das ganze Volk hungert und die da oben wissen nicht mehr, wohin mit ihrem Prunk!

ZÜNDEL *(warnend)* Nimm dich in Acht, sag ich dir, Volker! Wenn dich jemand hört, sind wir alle dran! Willst du das? Willst du das etwa?

VOLKER Natürlich will ich das nicht! Aber wir müssen doch irgendwas tun gegen diese Zustände! Wie oft soll denn noch der Ausnahmezustand verlängert werden? Seit wie vielen Jahren besteht er nun eigentlich schon? Beinahe länger als du und ich gemeinsam leben. Auch wenn wir es niemals anders kannten, es geht doch anders! Schau doch nur einmal in die Welt hinaus!

ZÜNDEL Ich weiß doch, was du meinst. Denkst du etwa wirklich, ich seh es anders? *(plötzlich klingelt Volkers Han-*

dy. Also nicht von der Figur Volker, so dass es zum Plot gehören könnte, sondern von dem Schausteller, der Volker spielt, womit also diese peinliche Szene nicht zum Plot gehört...und doch irgendwie schon, sonst stünde es ja nicht hier)

VOLKER *(versucht krampfhaft sein Handy aus der Hosentasche zu ziehen und den Anruf wegzudrücken, während sich die Stimme energisch aber flüsternd wieder meldet: Bist du denn von allen guten Geistern verlassen? Ich glaub es nicht! Machst du jetzt wohl sofort dein verdammtes Handy aus?)*

(leise) Schöne Scheiße! *(schaut auf sein Handy und nimmt sogar ab)* Mensch Mutter, weißt doch, dass ich gerade spiele! Ich kann jetzt nicht zum Essen kommen! Ich meld mich später!

(die Stimme wie zuvor: Ich glaub es einfach nicht! Jetzt mach bloß hinne oder du fliegst hochkantig!)

(zum Publikum bzw. zum Leser) Entschuldigen Sie! *(schaut Zündel an und hebt die Schultern)*

ZÜNDEL *(schüttelt den Kopf und verdreht die Augen. Nach einem kurzen Moment fährt er fort)* Ich weiß doch, was du meinst. Denkst du etwa wirklich, ich seh es anders?

VOLKER *(lächelt und beginnt)* Warum unternimmst du dann nichts?

ZÜNDEL Unternehmen? Was denn? Ich kann doch nicht aus der Rolle! Ich bin doch nur eine Figur in einem Stück und muss machen, was man mir aufträgt!

VOLKER Es gibt doch sicherlich viel mehr als uns. Wir müssten uns zusammenraufen, gemeinsam gegen dieses skrupellose Regime angehen. Wir könnten Vater befreien!

ZÜNDEL Nun hör aber auf! Wie sollten wir das machen? Er ist wegen Hochverrats verurteilt worden.

VOLKER Ja, weil er im Gespräch unsere Verfassung angezweifelt und die Demokratie als beste politische Ordnung und Staatsform herausgehoben hat.

ZÜNDEL Das reicht nun mal hierzulande! Er wusste es selbst. Sieh an, was er deswegen angerichtet hat. Wir wissen kaum, wovon zu leben. Und obwohl ihr alle zur Schule geht, gut ausgebildet werdet, Arbeit wird es keine geben. Erst recht nicht für jemanden, dessen Vater ein Hochverräter ist.

VOLKER *(wütend)* Es macht mich wütend, wie du dieses skrupellose Regime verteidigst und damit unsere Ehre in den Dreck ziehst. Sind wir denn Menschen zweiter Klasse? Haben wir kein Recht, ein menschenwürdiges Leben zu führen, nur weil wir nicht hochgeboren wurden? Meint dieser Walter denn allen Ernstes, dass das ganze Volk ihn liebt? Ich kenne genug, die ihn hassen und ihm den Tod wünschen!

ZÜNDEL Das sind aber nicht genug, Volker! Es sind nicht genug! Niemand wird uns zur Hilfe eilen, wenn wir eine Revolution entfachen. Jeder wird kleinlaut beigeben. Außerdem verfügt Walter über eine breite Unterstützung, nicht nur in unserem Land. Die ganzen Westmächte, die dir so heilig scheinen, sind alle mit ihm im Bund, empfangen ihn als Staatspräsidenten, als einer der ihren. Sie unterstützen ihn mit reichlich Geld, das er sich alles selbst einverleibt und wieder zurück auf schweizerische Konten transferiert, wovon dann der

Westen wieder profitiert. Und das Beste daran, jeder weiß es! Und trotzdem geben sie ihm immer mehr Geld, damit es ruhig in unseren Landen zugeht. Auf welche Kosten die Ruhe herrscht, das fragt niemand dieser westlichen Ausbeuter, Hauptsache, das Problem ist nicht mehr ihres.

VOLKER *(nach kurzem Schweigen)* Verdammt, das alles macht mich so wütend!

ZÜNDEL Wir sind vergessen, Volker! Auch das Publikum hat sich nie um uns geschert!

VOLKER *(zum Publikum gewendet)* Ihr verdammten Heuchler! Erst jetzt interessiert euch unser Land abseits des Tourismus! Was habt ihr vorher getan? Zugeschaut, wie sie uns lynchen! *(zum Leser, also genau zu Ihnen)* Und du? Was machst du? Sitzt irgendwo gemütlich und liest dieses traurige Possenspiel! Hast dich doch vorher auch nicht für uns interessiert. Warum nun?

ZÜNDEL Mach ihnen doch keinen Vorwurf! Sie wissen es nicht besser!

VOLKER Wissen es nicht besser?

ZÜNDEL Ja, selbst vor den Vereinten Nationen durfte Walter doch eine Rede halten! *(ernüchternd)* Wir sind allein und auf uns gestellt! Das ist unser Schicksal, das ist Kismet! Wir können nichts ändern!

VOLKER Das glaub ich einfach nicht! Das will ich nicht glauben!

ZÜNDEL Selbst die Wahl, die Walter mit 98% der Stimmen im letzten Jahr gewonnen hat, ist von niemandem angezweifelt worden. Hast du ihn etwa gewählt? – Ich auch nicht, aber wen kümmert's? Wir können nur versuchen, das Beste aus unseren Gegebenheiten zu machen! *(stolz)* Und wenn ich es schaffe, jeden Tag etwas zu essen auf den Tisch zu stellen, bin ich glücklich.

VOLKER *(außer sich)* Ich will das alles nicht! Das ist kein Leben! Das ist der bereits der Tod!

ZÜNDEL *(warnend)* Nun sei bloß still!

KUNDE *(betritt den Laden)* Heil Walter!

ZÜNDEL und VOLKER *(im Gleichklang)* Heil Walter!

KUNDE Was für ein wunderschöner neuer Tag in unserem schönen Land!

ZÜNDEL Es könnte wirklich kein schöneres geben!

VOLKER *(ironisch)* Auf dass unser Walter noch ewig wird leben, um dieses Land zu regieren!

KUNDE *(versteht das rhetorische Stilmittel nicht)* Da sprechen Sie weise, mein junger Freund! Was hat uns Walter nicht alles gebracht!

VOLKER *(sarkastisch)* Ja, alles, was wir brauchen!

KUNDE Zur Genüge, zur Genüge! So schau ich mir diese leckeren Tomaten an. Geben Sie mir doch eine, bitte!

ZÜNDEL Eine einzige nur? Aber sehr gern!

KUNDE Ich lebe gerne sparsam und in Demut. Man sollte niemals übertreiben!

VOLKER Genau! Am Geld, das Sie nicht haben, liegt es wohl kaum!

KUNDE Wie meinen?

ZÜNDEL *(eingreifend)* Mein Bruder meinte nur, dass es wohl kaum an den Preisen liegt, die wir haben.

VOLKER *(kopfschüttelnd)* Ja richtig.

KUNDE Achso, nein nein. Wie gesagt, ich lebe gerne sparsam.

VOLKER *(zornig)* Das ist nicht zum Aushalten *(verlässt das Geschäft)*!

KUNDE *(schaut ihm nach)* Ein wenig aufbrausend, ihr Bruder. Sie sollten ein Auge auf ihn haben. Nicht, dass er noch etwas Unvernünftiges ausheckt! Bei der heutigen Jugend weiß man ja nie! *(nimmt seine Tomate und verlässt den Laden)* Ich wünsche einen guten Tag!

ZÜNDEL *(klagend)* Ach, Volker hat Recht, doch was soll ich machen? Nirgends ist ein Licht, das uns schiene, nirgends ein Halt, an dem zu packen sei. Was mache ich nur? *(zögert, dann hilflos, blickt sich um und ruft hinter die Bühne)* Ich habe vergessen, was nun folgt!

(Musik setzt ein)

(leise) Oh nein, jetzt muss ich auch noch singen!

(beginnt so schräg zu singen, dass sich die Balken biegen)

> Schwere Kost so leicht verpackt,
> Damit es auch den Letzten zwackt.
> Stoff und Form bekriegen sich,
> Denn dadurch kritisier ich Dich!
>
> Schau nur zu, lies weiter fort,
> Klatsch auch Beifall bei dem Mord!

Irgendwann wird's Dich doch zwicken,
Wenn sie uns zum Schafott schicken!

Unterhaltung findest Du,
Und die Zeit vergeht im Nu.
Doch wenn Du zu Hause bist,
Denk an uns und den Sadist!

3.

Nun befinden wir uns im herrschaftlichen Garten des all-
mächtigen Despoten Walter. Ein überaus ausschweifendes
Büffet ist auf zahlreichen Tischen aufgetischt – ach entschuldigen Sie diese doppelte Verwendung des Begriffes!
Vielleicht sage ich besser: auf Tafeln aufgetischt. Na, Sie
verstehen schon. Im Hintergrund läuft Musik, momentan
We are the world. Ein extra Platz ist für den Teddybären reser-
viert, den Walter niemals aus den Augen lässt. Walter hingegen ist in exotischen und bunten Gewändern gekleidet. Gerade betritt seine Frau die Bühne.

WALTER Aber Simone, wo warst du denn schon wieder?

SIMONE *(quasselnd)* Walter, mein Lieber, die Geschäfte
erledigen sich nicht von allein. Ich musste dem Zieh-
sohn eines entfernten Cousins einer angeheirateten Tan-
te dritten Grades ein Grundstück überschreiben.
Schließlich soll das Land und all seine Schätze doch in
unserer Familie bleiben!

LAKAI *(einschleimend)* Sehr gut, meine Liebe!

WALTER Was denn schon wieder für ein Grundstück?

SIMONE Ach, es ging mal wieder um ein großes Gut, das
zum Verkauf stand. Das ist doch Staatsbesitz und bevor
es noch irgendein Dahergelaufener kauft, teilt man es
sich doch lieber in der Familie auf.

LAKAI Sehr gut, meine Liebe!

WALTER Und was ist mit dem Managerposten dieser Bau-
firma, um den du dich gestern noch kümmern wolltest?

SIMONE *(lächelnd und abwinkend)* Ach das! Das ist nun der Großneffe einer Stiefschwester meines Schwagers. Alles schon geregelt. Du brauchst dir um nichts Gedanken zu machen!

WALTER Da blicke ich ja nicht mehr durch! Ich hoffe, du aber! Früher oder später ist deine ganze Sippe in allen Posten meines Landes!

LAKAI Aber, Eure Heiligkeit, das ist doch nur zu unserem Vorteil! Wir bauen unsere Macht aus, sitzen bald überall und können so noch effizienter diesen Querulanten auf die Schliche kommen!

WALTER Was meinst du dazu, Teddy? *(Simone und Lakai blicken sich peinlich berührt an)*

HERMANN *(betritt die Bühne und gesellt sich ein wenig torkelnd zu der illustren Runde)* Heil Walter!

WALTER *(sichtlich erheitert)* Guten Morgen, mein Bester! Wie geht's? Wie steht's? Was machen die Exekutionen all jener Querulanten, von denen ich letzter Zeit immer so viel vernehmen muss?

HERMANN *(beschwipst)* Sie sind im Gange, Eure Exzellenz! Sozusagen auf Hochtouren! Der Apparat funktioniert. Gerade erst haben wir wieder jemanden erwischt. Er hatte Internetseiten unserer westlichen Feinde hochgeladen und sich bei einem dieser sozialen Netzwerke angemeldet.

WALTER Nun und?

HERMANN Wir konnten dank unserer neusten Technik, die frisch aus den USA geliefert wurde, natürlich diesen Aufrührer…

WALTER Querulanten bitte!

HERMANN …diesen Querulanten ausfindig machen und haben ihn sofort abgeholt und einkassiert.

LAKAI Sehr gut!

SIMONE Ja sehr gut!

HERMANN *(prahlerisch)* Das System funktioniert! Wir werden auch noch die restlichen Terroristen…

WALTER Querulanten bitte!

HERMANN …Querulanten ausfindig machen und ausschalten!

WALTER Das klingt doch nach guten Nachrichten! Da mag man sich doch entspannen! *(zieht seine schwarze Sonnenbrille auf und lehnt sich zurück)* Verdammt noch mal, das ist eine rote Sonnenbrille! Kann mir jemand mal meine schwarze bringen? Wie soll ich denn so einen Despoten spielen? So seh ich ja aus wie ein Hippie! Fehlen nur noch die Blumen im Haar! *(aus der Requisite kommt jemand und tauscht die Brillen um)*

LAKAI *(guckt auffordernd Hermann an)*

HERMANN *(schaut mit blitzenden Augen zurück und nickt sachte mit dem Kopf)* Nun, Eure Eminenz, nichtsdestotrotz häufen sich die Vorfälle einiger Querulanten! Ich empfehle, mit mehr Härte gegen diese Schädlinge…

WALTER Querulanten bitte!

HERMANN …Querulanten vorzugehen! Wir müssten ein Exempel statuieren, das alle abschrecken würde!

LAKAI Der General hat Recht!

SIMONE Ich denke auch, dass wir den Gürtel am Volk enger schnallen sollten. Es ist so schrecklich langweilig hier!

WALTER Was sollen wir tun?

HERMANN Wir sollten diese Aufständischen…

WALTER *(aufbrausend)* Querulanten bitte! Wie oft soll ich das denn noch sagen?

HERMANN …diese Querulanten, die wir schon gefasst haben, eliminieren. Nur so sieht der Westen, dass mit uns nicht zu spaßen ist: Wenn sie keinen Kontakt mehr zu ihren Informanten haben!

LAKAI Das ist eine ausgezeichnete Idee, Herr General!

SIMONE Ach, das hört sich lustig an!

WALTER *(nüchtern)* Was schwebt Ihm denn vor?

HERMANN *(stößt auf, danach bestimmt)* Wir sollten das Gefängnis stürmen, niederreißen und alle Insassen drunter begraben!

WALTER *(gelangweilt)* Nun denn, solange ich meinen Frieden habe! Oder was sagst du dazu? *(guckt seinen Teddy an, nimmt ihn und füttert ihn)* Bringen wir etwas Spannung ins Geschehen. Er hat alle Vollmachten! Möge Er diese Übeltäter endlich alle beseitigen!

HERMANN Querulanten! *(alle starren Hermann an)*

WALTER *(aus seiner Lethargie geweckt)* Wie meinen?

HERMANN Querulanten, Eure Hoheit!

WALTER Hab ich doch gesagt!

HERMANN Sie sagten….

WALTER *(guckt Hermann mit stechendem Blick an)*

HERMANN Aber natürlich, Eure Gnaden! Ich hatte mich wohl verhört!

WALTER Nun also! Bringt diese Schädlinge um die Ecke!

HERMANN Die Querulanten? *(Lakai und Simone schauen Hermann ängstlich kopfschüttelnd an)*

WALTER *(aufbrausend)* Nun wovon spreche ich denn die ganze Zeit? Hört Er mir denn überhaupt zu?

HERMANN Sie hatten aber Schädlinge…

SIMONE *(unterbrechend)* Aber wir haben doch verstanden!

WALTER Na also! Eliminiert all jene Quäker!

LAKAI, SIMONE, HERMANN *(lächeln bösartig, so dass es in ihren Augen schon funkelt)*

…

…

…

Das kann aber noch nicht das Ende dieser Szene oder dieses Aktes, nun dieses Auftritts oder Aufzugs – ach was auch immer, gewesen sein! Es fehlt doch noch das Lied! Warum singt denn nun keiner? Mir haben diese Darbietungen eben sehr gefallen! Oh, ich seh schon! Es fängt noch mal an. Nun denn, meine Damen und Herren, seien Sie gespannt!

(die Stimme meldet sich wieder zu Wort: Möchte jemand vielleicht singen? – Nein? – Alle gucken beschämt auf den Boden? Wir müssen Unterhaltung liefern, also bitte! Wozu werdet ihr sonst bezahlt?)

LAKAI *(verdreht die Augen, während er sich erhebt)* Nun gut!

(Musik setzt ein)

Dieses Stück
Ist schon missglückt,
Denn alles hier
Ist *ver*-rückt,
So auch wir!

(wie zuvor: Was soll das denn sein? Mein Gott, wozu seid ihr eigentlich zu gebrauchen? Ihr vermasselt die ganze Show! Schaut euch nur einmal das Publikum an! Und was soll der verehrte Leser denken? Mir reicht's mit euren Eskapaden! Ich werde euch einfach durch andere Figuren ersetzen!)

4.

(aufgebracht) Ach du meine Güte, nun fliegt hier ja wieder einiges gehörig durcheinander. Können Sie der Geschichte – ach entschuldigen Sie, dem Drama denn überhaupt noch folgen? Verstehen Sie denn überhaupt, was hier noch zum Plot gehört und was nicht? Oder halt nur halbwegs? Oder schon irgendwie, aber nicht so richtig? Oder was nur V-Effekt ist? Ich sehe mit Grauen, dass nun die Figuren in der Tat ausgetauscht werden. *(beschwichtigend)* Für Sie, ehrenwerter Leser, wird sich dadurch rein gar nichts ändern, das darf ich Ihnen versichern. Die Rollen werden lediglich mit anderen Figuren besetzt. Davon bekommen Sie im Folgenden gar nichts mit. Wie denn auch? Für die Zuschauer hingegen – *(nachdenklich)* nun ja, vielleicht erscheinen nun andere Schausteller, die in die vorigen Rollen schlüpfen, um diesem Figurenwechsel auch Ausdruck zu verleihen. Es kann sich ja nicht nur im Kopf des Dichters abspielen – oder nun auch in Ihrem, werter Leser! Irgendetwas muss da ja geschehen. Aber das bleibt ganz dem Regisseur vorbehalten. Vielleicht werden auch hier einfach nur die Figuren gewechselt, so dass auch Sie überhaupt nichts bemerken werden. – Ach, was für ein Durcheinander!? Diese Darbietung hat ja rein gar nichts mehr mit einer Tragödie zu tun, die es doch eigentlich vorstellen sollte. Der Stoff ist doch in der Tat tragisch, höchst tragisch. Aber was der Dichter da veranstaltet – herrje, das ist ja kaum auszuhalten!

(von außen wird wieder auf die Bühne gerufen: Jetzt übertreib es nicht schon wieder mit deinen Anmerkungen! Auch du kannst ganz

schnell und einfach ausgetauscht werden! Für mich seid ihr alle aus-
tauschbar! Fahr also fort mit der Handlung, damit dieses Stück nicht
ganz verkommt!)

Ja, ja, ich spute mich ja schon! *(zum Publikum bzw. zum Le-*
ser, also zu Ihnen) Mein Gott, dieser Wicht spielt sich selbst als
Despot auf und knechtet seine Geschöpfe, als seien wir
nicht existent! Aber dabei sind wir es doch – *(nachdenklich)*
nun oder nicht?

(wie vorhin: Jetzt lass deine Sinnesfragen ruhen und beeil dich! Du
fällst sonst auch dem Rotstift zum Opfer!)

Aber sofort, mein Gebieter *(lacht sich ins Fäustchen)*! Nun
denn, die Handlung schreitet indessen natürlich weiter fort.
Solange die Figuren getauscht werden und dieses Chaos
besteht, treibe ich sie ein wenig voran und unterhalte Sie. Ich
gebe nur im Kurzen wieder, was sich in der Zwischenzeit
ereignet: Mit ungeheurer Brutalität richteten Hermann und
die Armee ein Massaker im Gefängnis an, in dem hauptsäch-
lich politische Häftlinge einsaßen. Um es vor der Weltöffent-
lichkeit zu vertuschen, rissen sie den ganzen Gebäudekom-
plex danach ab. Über dem Massengrab liegt nun der ganze
Bauschutt, der niemanden im Ausland interessiert. Kleinere
Aufstände im Inneren waren jedoch die Folge, an denen bis
zu hundert tapfere und mutige Menschen teilnahmen. Be-
dauerlicherweise wurden sie aber ebenfalls vom Militär eingekesselt und brutal hingerichtet. Willkürliche Verschlep-
pungen, Folter und Mord sind an der Tagesordnung, um die
Menschen einzuschüchtern und ihre Treue zu Walter zu
erzwingen. Die unglaubliche Gewaltherrschaft scheint zu
funktionieren, so wie der Apparat des Regimes niemals ver-

sagt. Die Einwohner sind verängstigt und wagen es nicht, aufzustehen und zu rebellieren. Die absolute Herrschaft Walters scheint gesichert, doch unter der Fassade brodelt es, wie seit langem nicht mehr. Es fehlt letztlich nur noch der zündende Funke, der das Pulverfass zum Explodieren bringt.

(die Stimme abermals: Sehr gut, Erzähler, so will ich das von dir hören! Wir sind dann auch wieder soweit! Zu sich: *Ist ja vielleicht doch noch zu was zu gebrauchen, dieser Idiot!)*

Sie hören, meine Damen und Herren, wir steigen wieder ein.

5.

Wir befinden uns nun wieder in dem Gemüseladen der beiden Brüder. Es dämmert bereits und ein neuer Morgen beginnt in dem schönsten aller irdischen Reiche. Zündel schaut nach dem Rechten und schließt alsbald den Laden auf. Volker ist mit den beiden kleineren Geschwistern im hinteren Teil des Hauses beschäftigt, die sich eilig schulfertig machen.

GESCHWISTER *(eilen in den Laden)*

BRÜDERCHEN Zündel, Zündel! Sieh mal, was ich hier habe!

SCHWESTERCHEN Nein, guck zuerst, was ich hier habe! *(Geschwister halten jeweils einen Apfel und eine Birne in der Hand)*

ZÜNDEL *(guckt zuerst Volker verdutzt an, dann lächelnd zu den kleinen Geschwistern)* Hat euer großer Bruder wieder einmal den Laden geplündert, wie? Na viel Spaß in der Schule! Nun aber hopp, ihr seid schon spät dran!

GESCHWISTER *(geben Zündel und Volker einen Kuss und laufen hinaus)*

VOLKER *(nach wenigen Augenblicken ein wenig beschämt)* Ich weiß, was du sagen möchtest, Zündel!

ZÜNDEL *(schüttelt den Kopf)*

VOLKER Aber sie haben doch auch mal eine Belohnung verdient! Sei doch nicht immer so streng zu ihnen! Das Leben hier ist schon hart genug!

ZÜNDEL *(auffahrend)* Du sagst es! Genau das ist es doch! Gerade deshalb sollst du sie nicht immer so verwöhnen!

Vor allen Dingen nicht mit Sachen, die dir nicht gehören!

VOLKER Ich bezahle dir das Obst!

ZÜNDEL *(winkt ab)* Wovon denn, Volker? Wovon denn?

VOLKER Ich werde bald schon wieder Arbeit finden und dann wird es uns besser gehen!

ZÜNDEL Ach, wo denn? Hör auf zu spinnen!

VOLKER *(schaut traurig aus der Wäsche)*

ZÜNDEL *(beherzter)* Ach Volker, ich mein ja nur, dass es aussichtslos ist. Dieser Laden ist unsere einzige Lebensversicherung. Das ist alles, was wir haben. Damit halten wir uns über Wasser!

VOLKER Ich weiß es doch!

ZÜNDEL Nun schau doch nicht so traurig!

VOLKER Es ist nicht wegen dir!

ZÜNDEL Weswegen dann?

VOLKER Hast du von dem angeblichen Erdbeben gehört, das zum Zusammensturz des Gefängnisses geführt haben soll?

ZÜNDEL Ja natürlich!

VOLKER Ich habe von einem Freund erfahren, der in der Nähe wohnt, dass Hermann und seine Schergen ein Massaker angerichtet haben. Sie haben alle Insassen niedergeschossen und ihre Leichen in einem Massengrab verscharrt. Darüber haben sie einfach das ganze Gebäude in Schutt und Asche gelegt.

ZÜNDEL *(schaut sich entgeistert um, danach leise)* Wo hast du denn das schon wieder her? Wenn dich jemand hört...

VOLKER Es ist aber wahr!

ZÜNDEL Nur weil es ein Freund von dir gesagt hat?

VOLKER Er hat es mit eigenen Augen gesehen! Warum sind sonst letzten Freitag so viele Demonstranten auf die Straße gegangen und brutal erschossen worden? Wir leben in einer Diktatur, sieh es doch endlich ein, Zündel!

ZÜNDEL Meinst du, das weiß ich denn nicht selbst?

VOLKER Und warum unternimmst du nichts? Verdammt noch mal, auch Vater saß im Gefängnis! Auch er ist jetzt bestimmt tot!

ZÜNDEL Was sollen wir armen Leute denn unternehmen? Hast du denn nicht gesehen, was mit den Demonstranten geschehen ist. Abgeknallt wie Vieh hat man sie. Nur weil sie auf die Straße gegangen sind. Und Vater...*(traurig)* er hat den Tod mit seinen unbedachten und blöden Aussagen in Kauf genommen!

VOLKER *(aufgebracht)* Sag so was nicht! Er war ein guter Mann und hat nur die Wahrheit gesagt!

ZÜNDEL Ich weiß! Es tut mir leid, Volker! Doch hätte er die Klappe gehalten, stünde es um uns nun auch besser! Manchmal muss man sich halt fügen!

VOLKER Ach fügen!? Wir müssten einfach mehr Leute animieren!

ZÜNDEL Wir müssen gar nichts! Solange wir uns fügen und nicht auffallen, wird uns auch nichts passieren!

VOLKER *(verärgert)* Du bist solch ein feiges Huhn!

ZÜNDEL *(packt Volker am Kragen)* Was willst du denn? Soll ich auch sterben? Soll ich auch rebellieren, auf die Straße gehen und verschleppet werden? Wovon sollt ihr dann leben? Wie willst du dich und unsere Geschwister ernähren? Sag mir das mal!

VOLKER *(entgeistert über den plötzlichen Wutausbruch seines Bruders)* Schon gut, Zündel, beruhige dich! Ich meinte ja nur – also – *(resignierend)* ich weiß doch auch nicht! Das kann doch nicht alles im Leben gewesen sein!

ZÜNDEL Solange wir den Laden und etwas zu essen haben, können wir glücklich sein! Wir müssen uns den Umständen anpassen! Sieh es doch bitte ein, Volker!

VOLKER *(plötzlich im Spotlight und pathetisch wie Frank Drebin)* Ich will doch nur ein wenig Freiheit! Ich will doch nur, dass unsere Geschwister in einem freien Land aufwachsen, in dem es eine Demokratie gibt, wo niemand aus der Opposition Angst haben muss, wo Rede- und Pressefreiheit herrscht, wo Versammlungsrecht gilt. Ist das denn wirklich zu viel verlangt?

ZÜNDEL Meinst du denn, ich will das nicht? Aber was sollen wir machen? Wir sind allein! Wir haben keine Waffen! Wir haben keine Stimme, die nach außen dringt! Wir sind vergessen! Von jedem da draußen außerhalb unseres Landes! Diese Zeit ist schlimm, irgendwann wird sie sich ändern, aber nicht heute! Und solange Walter und sein Regime an der Macht sind, ist es unsere Aufgabe, abzutauchen, aufmerksam zu bleiben und nicht aufzufallen!

VOLKER Aber er ist doch schon seit vierzig Jahren an der Macht. Stirbt er, wird der nächste kommen, und stirbt dieser dann, wieder der nächste und so weiter! Ich habe es satt! Zündel, ich habe es wirklich satt! Selbst Vater wusste früher nichts von einem anderen Leben zu erzählen. Nur Opa konnte sich noch erinnern, wie es einmal ohne einen Tyrannen als ersten Mann im Staate war.

ZÜNDEL *(wütend)* Jetzt sei aber ruhig! Ich habe es auch satt, jeden Tag mit dir zu diskutieren! Willst du was verändern…hier *(drückt ihm einen Besen in die Hand)*! Feg den Laden, die ersten Gäste müssen gleich schon kommen! *(wütend vor sich hin murmelnd fegt Volker den Laden, während Zündel das Wechselgeld zählt. Da betritt plötzlich Hermann den Laden bzw. die Bühne)*

HERMANN *(ein wenig lallend)* Schönen guten Tag, die Herren! *(Zündel und Volker gucken sich erschrocken an und halten sofort inne in ihrer Beschäftigung)*

ZÜNDEL *(ängstlich stotternd)* Ich wünsche einen schönen guten Morgen, Herr General! Aber – aber was verschafft uns armen Menschen die Ehre, solch hohen Besuch in unserer ärmlichen Behausung zu empfangen?

HERMANN *(tritt schwankend an die Kasse und lallt zu Zündel)* Na na na, jetzt aber nicht so lapidar! Ich bin immer noch der böse General!

ZÜNDEL *(verzieht das Gesicht, danach leise)* Mein Gott, hast du etwa getrunken? Du bist ja total voll! Wie kannst du betrunken auf die Bühne kommen?

HERMANN *(wankt und hält sich am Tresen fest, um nicht hinzufallen. Danach wütend posaunend)* Das ist ja wohl mein Bier! Das ist ja wohl alles mein Bier! Ich bin ja hier wohl der General. Ich darf machen, was ich will!

(die Stimme: Was machst du da? Ist der etwa betrunken? Ach, du heilige Sch....! Sofort runter von der Bühne!)

Du kannst mir überhaupt nichts befehlen! *(redet sich in Rage, während er an die Decke schaut, von wo er die Stimme vermutet)* Du kannst mir verdammt noch mal überhaupt nichts befehlen! Ich nehme nur Befehle von Walter an! Ansonsten mache ich das, was mir gefällt! Ich bin General Hermann und unterstehe nur dem Obersten der Befehlsgewalt! Ich...*(stürzt plötzlich über seine eigenen Beine)* Ah, verdammt! *(Zündel und Volker eilen zu Hilfe, um ihm wieder auf zu helfen. Hermann plötzlich weinerlich zu den Brüdern)* Ach, wisst ihr, ich mag euch! Ich mag euch wirklich! Ihr seid so gut zu mir! Ich bin gar nicht so ein böser Typ! Der Hermann steht mir gar nicht! Ich mag den überhaupt nicht spielen! Ich will auch lieber einen Helden spielen! Sowas mag doch das Publikum! *(Zum Publikum)* Nun oder nicht? Der Böse hat nie Sympathien! Der Gute, der Held bekommt doch immer nur Applaus! *(geistesgegenwärtig)* Es sei denn, man spielt den Mephisto! Aber so einen skrupellosen General! Ich will auch Applaus! *(flehend)* Nun klatschen Sie doch bitte schon! Nur für mich! Ein wenig nur! *(wütend, nachdem das Publikum keine Reaktion gezeigt hat)* Muss ich Sie erst zwingen? Nun schauen Sie doch nicht so blöd! Noch nie einen betrunkenen Menschen gesehen? Ich schwöre Ihnen, auch Sie werde ich noch vernichten! Auch Sie werden noch diesem System zu Opfer fallen! Und Sie erst recht *(zeigt auf den Leser, also auf Sie)*!

VOLKER *(guckt fragenden Blickes Zündel an)*

ZÜNDEL *(leise)* Was sollen wir denn jetzt machen? Der macht die ganze Vorstellung kaputt!

(die Stimme meldet sich wieder zu Wort: Stopft diesem Idioten das Maul! Runter von der Bühne! Das ist doch nicht zum Aushalten! Die Szene fing so gut an, ohne jegliche Komplikationen…und jetzt so was!)

Um Himmels Willen! *(versucht Hermann, der immer weiter und energischer auf das Publikum und den Leser einredet, von der Bühne zu ziehen)* Nu komm, lass es gut sein! Schlaf deinen Rausch aus! Dann wird's dir schon wieder besser gehen!

HERMANN *(stößt Zündel energisch weg)* Lass mich in Ruhe, du ärmlicher Geselle! Das ist jawohl meine Rolle und mein Auftritt! Und wenn ich zuerst etwas sagen will, was nicht zur Rolle passt, dann mach ich das! Von dir lass ich mir bestimmt nichts verbieten, du Tölpel! *(wendet sich von Zündel ab und dem Publikum bzw. dem Leser zu, die er nun beschimpft)*

VOLKER Was soll das jetzt?

(die Stimme: der Idiot muss runter da, aber sofort! Mir egal wie, Hauptsache jetzt!)

Herrje…*(Volker bemerkt den Besen in seiner Hand, pirscht sich von hinten langsam an Hermann heran und zieht ihm mit dem Stiel eins über. Hermann fällt sofort bewusstlos zu Boden. Zündel und Volker tragen ihn rasch hinter die Bühne. Danach erscheinen die Brüder wieder, jedoch ziemlich perplex)*

ZÜNDEL Und jetzt? Was machen wir denn jetzt? Wie sollen wir weiterspielen? Es fehlt der General!

(erneut die Stimme: Verdammt noch mal! Kann denn nicht mal ein Auftritt reibungslos ablaufen? (überlegt kurz) *Volker, du*

musst den General spielen. Alle anderen sind gerade in der Maske! Es führt kein Weg dran vorbei! Nun mach schon! Beeilt euch doch bitte!)

VOLKER *(erstaunt)* Was denn? Ich? Ach du große Güte!

ZÜNDEL *(zum Publikum oder auch zu Ihnen, werter Leser)* Entschuldigen Sie bitte diese kleine Panne, es geht sofort weiter! *(zu Volker, der gerade hinter den Vorhang geht)* Kann es wieder losgehen?

VOLKER *(zerknirscht)* Muss ja wohl.

ZÜNDEL Nun denn, liebe Zuschauer, wir beginnen noch einmal an der Stelle, wo der General unseren Laden betritt. *(atmet einmal tief durch, danach stellt er sich hinter die Kasse und zählt das Geld. Volker, der nun abwesend ist, den Sie sich aber vorstellen müssen wie zuvor, fegt den Laden. Da betritt auf einmal Hermann die Bühne, nun gespielt durch Volker)*

HERMANN bzw. VOLKER *(leider in den gleichen ärmlichen Kleidern wie zuvor, also wie die Figur des Volker, zudem mit dem Manuskript in der Hand, auf das er immer wieder mal schaut)* Schönen guten Tag, die Herren! *(Zündel und Volker, der nun natürlich nicht mehr da ist, aber hinzugedacht werden muss, gucken sich erschrocken an und halten sofort inne in ihrer Beschäftigung)*

ZÜNDEL *(ängstlich stotternd)* Ich wünsche einen schönen guten Morgen, Herr General! Aber – aber was verschafft uns armen Menschen die Ehre, solch hohen Besuch in unserer ärmlichen Behausung zu empfangen?

HERMANN bzw. VOLKER *(von oben herab)* Zündel, Zündel, Zündel! Versuch ja nicht, dich einzuschleimen! Das mag ich überhaupt nicht!

ZÜNDEL *(eingeschüchtert)* Das war auch nicht meine Absicht, Herr General!

HERMANN bzw. VOLKER So so! *(betrachtet den Laden und das Gemüse)* Und was machen die Geschäfte?

ZÜNDEL Laufen gut, danke. Nichts zu klagen!

HERMANN bzw. VOLKER *(nimmt sich einen Apfel und beißt kraftvoll hinein)* Ja ja! Verkauft er viel?

ZÜNDEL Es gibt für alle was!

HERMANN bzw. VOLKER *(schmatzend)* So so! Verdient er viel?

LAKAI Es reicht fürs Überleben!

HERMANN bzw. VOLKER Ja ja! *(mit blitzenden Augen)* Hast du denn eigentlich eine Genehmigung, um diesen öden Laden zu führen?

LAKAI *(verunsichert)* Eine Genehmigung? Nun … also … eine Genehmigung…

HERMANN bzw. LAKAI *(zornig)* Nun hast du oder hast du nicht?

LAKAI *(resigniert)* Nein, Herr General.

HERMANN bzw. VOLKER Habe ich's mir doch gedacht! Ja, habe ich's mir doch gedacht! *(beißt lächelnd noch einmal in den Apfel)* Aus diesem Grunde müssen wir all dies hier beschlagnahmen! Das ist Staatsbesitz! Wenn du dir eine Genehmigung holst, bekommst du vielleicht etwas zurück! *(Mehrere Schergen drängen auf ein Handzeichen Hermanns in den Laden, packen das ganze Obst und Gemüse in Kartons)*

ZÜNDEL *(flehend)* Aber Herr General! Das können Sie nicht machen! Das brauche ich! Wie soll ich sonst meine Familie ernähren?

HERMANN bzw. VOLKER Das hättest du dir vorher überlegen sollen! *(zu seinen Schergen)* Alles mitnehmen, auch die Waage und die Kasse!

ZÜNDEL *(flehend)* Nicht die Waage, Herr General! Das ist ein Familienerbstück!

HERMANN bzw. VOLKER Ein Familienerbstück...so so *(beißt noch einmal in den Apfel)*! Na gut, dann lassen wir sie hier, als Zeichen unseres guten Willens! *(nimmt sie plötzlich vom Tresen, schmeißt sie auf den Boden und tritt sie kaputt)*

VOLKER *(schreit)* Nein! *(will auf Hermann zu stürmen, Zündel kann ihn noch gerade zurückhalten)*

HERMANN bzw. VOLKER Wollte er irgendetwas sagen?

ZÜNDEL Nein, nein! Herr General, mein Bruder wollte gar nichts sagen!

HERMANN bzw. VOLKER *(guckt Volker tief in die Augen)* Wolltest du irgendetwas sagen? – Ja? – Nein? – Na das wollte ich aber auch meinen! *(zu seinen Schergen)* So Abmarsch! *(schaut den Apfel an und beißt wieder hinein)* Gute Ware hast du hier! Ich würde mich an deiner Stelle mit einer Genehmigung beeilen, ansonsten ist dein ganzer Kram aufgegessen! *(lächelnd zu Zündel und Volker)* Ich wünsche noch einen schönen Tag! Heil Walter!

ZÜNDEL und VOLKER Heil Walter!

VOLKER *(nachdem alle raus sind, vor Wut schnaubend)* Das darf nicht wahr sein! Das können die nicht machen! Was machen wir nun, Zündel? Was machen wir denn nun?

Das dürfen wir uns nicht gefallen lassen! Das dürfen wir nicht auf uns sitzen lassen!

ZÜNDEL *(hebt traurig die Waage auf)* Alles haben sie genommen! Alles haben sie genommen! *(kurze Pause)* Ich werde Anzeige erstatten! Mag dieses Land auch in einer Diktatur leben, es ist immer noch ein Staat, wo einige Rechte und Gesetze auch für den kleinen Mann gelten! *(entschlossen)* Ich gehe sofort zur Stadtverwaltung! So darf man uns nicht behandeln! – So nicht!

VOLKER Meinst du, das ist eine gute Idee?

ZÜNDEL *(überzeugt)* In diesem Land gibt es auch Rechte und von denen werden wir nun Gebrauch machen!

VOLKER Ich komm mit!

ZÜNDEL Nein! Du bleibst hier und passt auf den Laden auf! Ich bin heute Mittag spätestens wieder da! *(beim Hinausgehen)* So nicht! Nein wirklich, so nicht!

VOLKER *(betrachtet die kaputte Waage,* Ob das gut geht?

(Musik setzt ein)

DIE WAAGE *(singt während sie stirbt)*

> Wog manch Gurke und Tomate,
> Ananas und auch Salate!
> Wog so manche Paprika,
> Birnen, Äpfel, wunderbar!
>
> Wog als Erbstück auf dem Tresen,
> Lange bin ich hier gewesen!

Wog noch in ganz andrer Zeit,
Nun herrscht nur noch Qual und Leid!

Hab das letzte Mal gewogen!
Wurd ums Wiegen hart betrogen!
Wieg nun nichts mehr! Welche Not!?
Mit mir geht die Freiheit tot!

6.

(völlig fassungslos) Haben Sie das gesehen, meine Damen und Herren? Haben Sie das wirklich gesehen? Hat denn da allen Ernstes gerade eine sterbende Waage gesungen? Eine sterbende Waage? Gesungen? Also, jetzt verkommt diese Geschichte – ach entschuldigen Sie, dieses Drama ja vollkommen zu einem Ausbruch reiner Willkür! Oder haben Sie schon einmal eine Waage singen gehört? Eine Waage, die auch noch im Sterben liegt? Herrje, das ist ja alles gar nicht mehr zu glauben! Was fabuliert sich der Dichter denn da zusammen? Meint der denn, das nähme das Publikum einfach so hin? Meint der denn tatsächlich, das würden die Zuschauer – nun oder der Leser nicht boykottieren? Meint der denn, das akzeptierten Sie wirklich einfach alles so? *(schaut sich um, dann plötzlich erstaunt)* Aber ich sehe ja wirklich: Sie sind immer noch da. Sie verfolgen dieses zusammenhanglose Etwas, das sich Lesedrama schimpft, immer noch und sagen überhaupt nichts! Sie lassen sich immer noch berieseln, immer noch unterhalten. *(schüttelt den Kopf)* Ja, mein Gott, das gibt dem Dichter natürlich Recht! Sie blieben wahrscheinlich auch noch bei den unglaubwürdigsten und absurdesten Handlungen und Begebenheiten. Hauptsache, Sie finden ein wenig Zerstreuung, oder wie? Rebellieren Sie denn nicht gegen diese unglaubliche Willkür? Ja, machen Sie doch den Mund auf! Es ist ja nicht so, als hätten Sie wie die armen Brüder und ihre Landsleute keine andere Wahl! *(kurze Pause)* Achso, Sie wollen gar nicht rebellieren, Sie wollen

wegschauen und einfach alles über sich ergehen lassen! Ja, dann kann ich Ihnen auch nicht mehr helfen!

(die Stimme schreitet wieder wütend ein: Jetzt lass endlich gut sein! Reicht es denn nicht aus, dass die Figuren schon aus der Rolle fallen? Musst du dich denn auch überall mit deinem Geschwätz einschalten? Langsam hab ich es satt mit euch! Jetzt sieh zu, dass du vorankommst!)

(belehrend) Aber, aber, liebe Regieanweisung, ich bin doch der Erzähler. Es ist doch nun mal meine Aufgabe, mich einzuschalten, kritisch zu hinterfragen, was sich hier abspielt, und den Plot voran zu treiben!

(die Stimme: Natürlich ist es das. Deswegen existierst du ja hier überhaupt! Aber du mögest dich doch bitte mehr auf den Plot konzentrieren und nicht auf deine eigene Meinung. Außerdem sollst du nicht immer das Publikum oder den Leser ansprechen. Ein wenig Illusion muss doch wohl auch mal geboten werden! So und jetzt treib das Drama voran und hüte dich vor irgendwelchen Belehrungen!)

Natürlich, Walter, natürlich *(lacht kurz auf)*! Sowieso ist das voran gegangene Kapitel über Gebühr angeschwollen! Schon allein aus diesem Grunde müssen wir an anderen Stellen sparen, ansonsten wird das Stück doch zu langwierig und zäh. *(mit einem Augenzwinkern)* Es soll doch unterhalten! Ja und woher in unseren Zeiten Geld nehmen, solch ein lang angelegtes Stück auf die Bühne zu bringen? Kultur wird doch nicht mehr finanziert…*(die Stimme mahnend: Erzähler!)*…aber ja, ich verzettle mich schon wieder. Steigen wir also nun wieder in die Binnenerzählung ein. Ich gebe kurz wieder, was sich in der eigentlichen, also in der hauptsächlichen Handlung, also in jener, von der erzählt wird, zwischenzeitlich ereignet: *(gähnt)* Entschuldigen Sie – Nun also, immer wieder flackern kurze Aufstände in den Städten auf, die jedoch nur von wenigen Rebellen getragen werden. Bereits im Keim werden diese erstickt und brutal niedergeschlagen. Nur wenige… *(gähnt noch einmal)* Verdammt, was ist denn los? Entschuldigen Sie bitte – also nur eine Hand voll einheimischer Journalisten, die noch den Mut besitzen, widmen dem Geschehen ein paar Zeilen. Das Regime ist zu keiner Zeit gefährdet, denn kleinere Scharmützel sind immer wieder einkalkuliert, ja sogar willkommen, denn sie fördern das willkürliche Vorgehen gegen das Volk unter fadenscheinigen Gründen *(gähnt zum dritten Mal)*.

(die Stimme meldet sich erneut: Wir fangen den nächsten Akt an! Ich mag gar nicht mehr hinsehen! So wie du erzählst, fängt jeder gleich an zu schlafen! Also bitte!)

Aber ich wollte doch noch…

(die Stimme: die nächste Szene, aber sofort!)

Nun lass mir doch noch kurz Zeit, zu sagen, dass…

(die Stimme wieder aufgebracht: Verdammt noch mal! Wenn ich etwas sage, wird das durchgeführt! Warum unterhalte ich mich eigentlich mit dir? Ich habe ja hier die Verfügungsgewalt, also mache ich es einfach!)

7.

Nun denn, dann steigen wir einfach dort wieder ein, wo wir
geendet hatten, und bringen nun den Stein ins Rollen: Nach
mehreren Tagen voller Angst und Ungewissheit, da Zündel
seit seinem Gang zur Stadtverwaltung nicht mehr zurückge-
kehrt ist, beruhigt Volker seine Geschwister und berät
schließlich mit sich selbst, was zu tun sei. Da wird auf einmal
der Funke entzündet, der die Welt verändert wird. Aber
entschuldigen Sie – ich greife ja schon wieder vor. Sehen Sie
selbst…nun oder lesen Sie:

VOLKER *(beschwichtigend zu seinen Geschwistern)* Seid unbe-
sorgt! Zündel ist wirklich nur ein paar Tage auf Ge-
schäftsreise. Er hat einen neuen Verkäufer gefunden,
von dem er das Gemüse noch billiger bekommt.
SCHWESTERCHEN Ist das gut?
VOLKER Ja klar, das ist gut!
BRÜDERCHEN Für wen ist das gut?
VOLKER Na für uns!
SCHWESTERCHEN Kommt Zündel auch wieder zurück?
VOLKER Aber selbstverständlich! Er lässt uns doch nicht
hier alleine!
BRÜDERCHEN Und wann kommt Zündel wieder?
VOLKER Bald!
BRÜDERCHEN Wie bald?
VOLKER Sehr bald! Und nun Schluss mit den Fragen und
ran an eure Hausaufgaben! Ihr habt doch sicherlich ei-
niges zu tun!

GESCHWISTER *(lustlos)* Och nein!

VOLKER Kein Aber! Los, los, los! *(Geschwister verschwinden im hinteren Teil des Hauses. Volker geht nervös im Laden vor den leeren Regalen auf und ab)* Oh verdammt, was mache ich denn nun? Zündel, wo bist du nur? Hoffentlich ist dir nichts geschehen! Was soll ich denn jetzt nur machen? Das Geld geht langsam aus und ich weiß nicht mehr, wovon ich etwas zu essen kaufen soll. Ich muss dich befreien! Ich weiß nicht wie, aber ich muss dich da irgendwie herausholen! Wenn ich doch nur wüsste, wo du bist. Hat man dich verschleppt? Wo wirst du nur gefangen gehalten? Verdammt, was soll ich denn jetzt bloß machen? Und was soll ich weiterhin den Kleinen erzählen? Langsam schöpfen doch auch sie Verdacht! Ich kann ihnen doch nicht ewig erzählen, dass du dich auf Geschäftsreise befindest! Ach, dieses grauenvolle Land, was hat man mit dir nur gemacht? Behäbig, mit der Peitsche in der Hand, sitzt Walter und sein ganzer Clan auf dem Rücken der breiten Masse, die unter diesem enormen Gewicht ächzt, da die da oben prassen und den Hals nicht voll genug bekommen. Der Packesel unten aber bekommt nichts und wird immer schwächer. Wie lange wird das noch gut gehen? Wie lange hält der ausgedörrte Esel noch durch? *(zornig)* Ach verdammt – Tod den elenden Despoten und ihrer Willkür! Sind wir denn nicht auch Menschen? Haben wir denn keine Rechte? Was geschieht hier nur? Warum hilft uns niemand? *(zeigt mit dem Finger auf einzelne Zuschauer im Publikum)* Sie – oder Sie – oder Sie, warum sitzen Sie nur da und schauen bei unserem Elend zu? Es amüsiert Sie wohl auch noch! Und was ist mit Ihnen, werter Leser *(jetzt schaut er Ihnen direkt in die Augen)*, finden Sie tatsächlich Zerstreuung in der Lektüre? Ach diese Ohnmacht – diese Hilflosigkeit macht mich rasend! Wenn ich nur könnte, ich würde auf die Straße gehen, gegen Walter und sein Regime ziehen und endlich einen Schlussstrich unter diese Ausbeutung und Niedertracht ziehen! *(verzweifelt)* Aber was soll ich machen? Ich bin doch ganz allein! Und was sollte aus meinen Geschwistern werden? Verdammt – ich bin so wütend und traurig auf einmal! *(wirft den Besen, der als einziger nicht zerstört oder beschlagnahmt wurde, durch den Raum)* Ich halte das hier nicht mehr aus! Das ist die reinste Folter! *(beginnt zu weinen, schafft es aber nicht)*

. . .

(die Stimme nach einiger Weile, in der nichts passiert ist: Ja nun, was ist?)

Mensch, ich versuche es ja, aber ich schaffe es nicht! Ich brauch eine Zitrone! Gebt mir schnell eine Zitrone!

(die Stimme erneut: Mensch, was bist du denn für ein Schauspieler?)

(eine Zitrone kommt auf die Bühne gerollt. Volker schnappt eilig nach ihr, zieht sein Messer und schneidet sie durch. Mit dem Rücken zum Publikum gönnt er seinen Augen eine Kur. Nach kurzer Zeit springt er auf und dreht sich um. Dicke Krokodilstränen rinnen über seine Wangen.)

(die Stimme: Na also!)

Ach, dieses Leben ist bereits der Tod! Wenn doch nur Zündel wieder käme, ich würde mich nicht mehr bekla-

gen! Alles, was man braucht, ist doch nur die Familie.
(flehend) Bitte, gebt mir ihn doch wenigstens wieder! Ich
will mich auch dem Regime beugen! Ich werde nicht
mehr aufbegehren! Ich werde mich unterordnen! Nur
bitte, lasst meinen Bruder frei!

(Musik setzt ein)

*(die Stimme aufgebracht: Aber jetzt doch noch nicht! Erst später,
verdammt noch mal!)*

*(Musik setzt wieder aus. Dafür betritt Zündel plötzlich apathisch den
Laden)*

VOLKER *(euphorisch)* Zündel, ja verdammt Zündel! Da bist
   du ja wieder! *(umarmt ihn mehrere Male)* Wo kommst du
   denn her? Wir haben uns solche Sorgen gemacht! (er-
   *kennt jetzt erst die zahlreichen Blessuren, die Zündels ganzen
   Körper zieren)* Aber Zündel, was ist passiert? Was haben
   Sie bloß mit dir gemacht? So sprich doch bitte! Was ist
   geschehen?
ZÜNDEL *(mutlos und langsam)* In diesem Land gibt es kein
   Recht!
VOLKER *(beängstigt)* Aber Zündel, was ist denn nur pas-
   siert? Was haben Sie dir angetan?
ZÜNDEL Meine Beschwerde war erfolglos!
VOLKER Nun und, wo hast du all die Verletzungen her?

ZÜNDEL Die Stadtverwaltung übergab mich sofort der Folter! Das Recht ist tot! In diesem Land gibt es keine Rechte!

VOLKER Aber man hat dich wieder frei gelassen!

ZÜNDEL Ja, man warf mich heute Morgen aus dem düstren Bunker hinaus! Ich lag Stunden lang bewusstlos auf der Straße und niemanden kümmerte es, nur weil eine Polizeiwache in meiner Nähe stand.

VOLKER *(nun mit echten Tränen in den Augen)* Oh Zündel, es tut mir so leid! Es ist alles meine Schuld! Es tut mir so leid! Aber Hauptsache, du lebst! Wir werden dich schon wieder herrichten! Wir werden uns ab nun beugen, so wie du sagtest. Wir werden untertauchen. Die Hauptsache ist doch, dass wir leben!

ZÜNDEL *(unbeirrt kühl)* Nein Volker, es ist zu spät! Dieses Land ist bar jeglicher Rechte, es ist bar jeglichen Lebens!

VOLKER Aber Zündel, wir werden deine Wunden verarzten! Es wird alles wieder gut!

ZÜNDEL Nein, nichts wird mehr gut! Wir haben alles verloren! Man nahm uns den Laden, die Möglichkeit des Broterwerbs, die Würde und zuletzt die Hoffnung! Hier ist alles vorbei, Volker!

VOLKER Sag so was nicht, Zündel! Bitte sag so was nicht! Wir haben immer noch uns, das ist das Wichtigste!

ZÜNDEL Ich habe mich nicht mehr, Volker! Wir haben gar nichts mehr!

VOLKER *(holt einen Stuhl herbei)* Hier setz dich. Ich hole dir etwas Wasser und schaue, wo ich etwas herbekomme, um deine Wunden zu verbinden! Setz dich doch bitte!

ZÜNDEL *(setzt sich, während Volker nach nebenan läuft, dann hoffnungslos)* Es ist alles vorbei! Hier ist kein Recht! Hier ist kein Leben! Hier ist keine Zukunft! Es ist aus, aus und vorbei! *(steht plötzlich auf, geht hinter den Tresen und sucht etwas. Nach einer kurzen Weile findet er einen Kanister, auf dem steht in großen Lettern, sichtbar für das ganze Publikum: BENZIN! VORSICHT! LEICHT ENTZÜNDBAR! Wie in Trance packt er den Kanister und übergießt sich mit dem Inhalt)* In dieser Schande mag ich nicht mehr leben! Hier ist kein Recht! Kein Recht nirgends! *(aus seiner Tasche holt er Streichhölzer. Bevor er den Laden verlässt, schaut er sich noch einmal um)* Möge Gott sich meiner gnädig erweisen! *(danach entzündet er ein Streichholz, dessen Flammen sofort auf ihn übergehen, und begibt sich hinaus. In der Zwischenzeit hat Volker alle Sachen zusammengesucht und kommt wieder zurück in den leeren Laden. Von hinten hört man aber auf einmal Zündel)* Verdammt, ich brenne wirklich! Hilf mir doch einer! *(stürzt auf die Bühne zurück und haut sich auf den Ärmel, der in Flammen steht)* Hilfe! Verdammt, Hilfe! Macht das Feuer aus! *(Volker versucht ihm zu helfen, steckt sich aber selbst mit dem Feuer an)* Was machst du denn da, Idiot?

VOLKER Ich wollte dir doch nur helfen!

(die Stimme besorgt: Verdammt, löscht sofort das Feuer!)

ZÜNDEL *(herumtanzend)* Wir schaffen es nicht! *(da stürmen plötzlich Hermann und Walter mit Decken die Bühne und laufen den anderen Beiden hinterher, bis sie sie eingeholt haben, auf den Boden schmeißen und in die Decken hüllen. Nach wenigen Momenten ist der ganze Spuk vorbei)*

VOLKER *(erleichtert)* Verdammt, das war knapp!

ZÜNDEL Allerdings!

HERMANN Ihr habt uns eine Heidenangst eingejagt!

(die Stimme: Ist nun alles wieder soweit? Die Passage ist noch nicht zu Ende, ihr Idioten! Also weiter bitte!)

ZÜNDEL Mein Gott, wir wären gerade fast verbrannt!

(die Stimme aufgebracht: Ja wegen dir! Und nun seht zu, dass ihr von der Bühne runterkommt! Die Szene muss zu Ende gespielt werden!)

WALTER *(leise)* Was für ein Arschloch! Du hast mir gar nichts zu befehlen. Ich bin immerhin Walter, der gefürchtete Despot!

(die Stimme: Nun aber Schluss! Du bist nur ein Schauspieler und Walter ist nur deine Rolle! Hier hab immer noch ich das Sagen! Also vorwärts!)

(zum Publikum) Wenn ich doch nur wirklich Tyrann wäre, dessen letztes Stündlein hätte geschlagen! Der würde sofort verschleppt und nie wieder das Tageslicht sehen!

(die Stimme: Hast du irgendwas gesagt?)

(knurrend) Nein, nein, alles in Ordnung! *(leise)* Der wird sich noch wundern!

(Zündel, Hermann und Walter verlassen wieder die Bühne. Volker sammelt sich kurz, schüttelt den Kopf und geht fluchend auf die hintere Bühne)

Sehr verehrte Damen und Herren, werter Leser, ich werde dazu aufgefordert, daraufhin zu weisen, dass das letzte Ereignis nicht zur hauptsächlichen Geschichte gehört. Des Weiteren werde ich dazu verpflichtet, Sie erneut an das Geschehen heran zu tragen. Aus diesem Grunde gebe ich eine kleine Einführung und zähle im Kurzen auf, was sich in diesem Kapitel zugetragen: Volker beruhigt seine Geschwister; Volker quälen Fragen um seinen Bruder und ums Überleben; Zündel kehrt wieder; Zündel berichtet von Folter und Hoffnungslosigkeit; Volker versucht ihn zu besänftigen; Volker geht ab, um Wasser und Verbände zu holen; Zündel steckt sich in Brand und verlässt den Laden. Es folgt nun der erste Höhepunkt, präsentiert durch eine obligatorische Teichoskopie.

VOLKER *(betritt wieder den Laden)* Zündel, wo bist du? Hier hab ich alles, was du benötigst! *(schaut sich im Laden um)* Zündel? – Ich weiß, dass es dir bestimmt peinlich ist, aber es wird alles wieder gut! *(sucht in allen Ecken nach ihm)* Zündel? Wo bist du denn? Zündel? *(plötzlich hört er Schreie von draußen. Er blickt durchs Fenster.)* Was ist denn da los? Was für ein gewaltiger Mopp auf der Straße? Und um Himmels Willen, was brennt denn da so lichterloh? *(erschrocken)* Aber das ist ja ein Mensch! – Und was macht er? *(schaut genauer hin)* Er betet! Er sitzt, brennt und betet! Mein Gott!? *(erkennt plötzlich seinen Bruder)* Zündel? – Aber – bist du es? *(schreiend)* Nein! Zündel! Warum? Das darfst du nicht! Was machst du da? Wir brauchen dich doch! Zündel! Verdammt Zündel! *(läuft panisch nach draußen)*

(Musik setzt ein)

(Volker tritt zurück auf die Bühne und beginnt zu singen)

Alles läuft nun aus dem Ruder,
Zündel, mein geliebter Bruder,
Was hast du dir angetan?
Wars ein Teil von deinem Plan?

Der Tag des Zorns zog nun herauf,
Der Funke ward hiermit entzündet!
Der Flächenbrand nimmt seinen Lauf
Bis er am Halse Walters mündet!

Doch was sag ich nun den Kindern,
Konnte ich's denn nicht verhindern?
Schwer wird dieses Leben nun
Ohne dich, was soll ich tun?

Der Tag des Zorns zog nun herauf,
Der Funke ward hiermit entzündet!
Der Flächenbrand nimmt seinen Lauf
Bis er am Haupte Walters mündet!

Auf, nun auf, gibt kein Zurück,
Wer leben will, kämpft für sein Glück!
Und um das Volk nun aufzurühren,
Muss ich dieses Feuer schüren!

Der Tag des Zorns zog nun herauf,
Der Funke ward hiermit entzündet!
Der Flächenbrand nimmt seinen Lauf
Bis er im Tode Walters mündet!

8.

Und während Zündel lodert und den Funken der Hoffnung
entfacht, schwenkt die Kamera wieder in das prachtvolle
Anwesen Walters.

*(die Stimme irritiert: Welche Kamera? Das ist doch kein Film
hier!)*

…schwenkt das Auge wieder in das prachtvolle Anwesen
Walters. Vergnügt tummelt er sich in seinem luxuriösen
Pool, auf der Bühne dargestellt durch ein aufblasbares
Gummibecken, seinen Teddy auf einer Luftmatratze stets
bei sich. Der Mauerschau im voran gegangenen Abschnitt
folgt im Folgenden nun, na klar, der Botenbericht.

LAKAI *(eilt herbei)* Heil Walter!

WALTER *(genervt)* Ja, Lakai, was gibt es denn schon wieder?
Kann man nicht mal eine freie Minute haben? Eine einzige Minute am Tag? Kommt Er denn wieder mit Arbeit? Dann möge Er bitte später wiederkommen! Ich
genieße ein wenig Freizeit!

LAKAI Es tut mir leid, Eure Exzellenz. Es tut mir leid,
Euch stören zu müssen, aber ich dachte…

WALTER Ach du meine Güte, jetzt denken sogar schon die
Diener. Wie weit ist es denn bloß schon gekommen?
(guckt seinen Teddy an) Sogar die Diener, was meinst du
dazu? *(dreht des Teddys Kopf hin und her, um den Eindruck zu
erwecken, als schüttelte dieser den Kopf)*

LAKAI *(den Zorn unterdrückend)* Sehr trefflich, Eure Majestät!
Sehr trefflich! Mir wurde jedoch soeben vermeldet, dass

sich eine Menschenmenge auf dem Platz des himmlischen Friedens eingefunden hat, um zu demonstrieren.

WALTER *(total verblüfft)* Zu demonstrieren?

LAKAI Jawohl!

WALTER Eine Menschenmenge?

LAKAI Sehr richtig!

WALTER Auf dem Platz…

LAKAI …des himmlischen Friedens, genau!

WALTER Aber weshalb?

LAKAI Berichten zufolge hat sich ein Gemüsehändler in Brand gesteckt!

WALTER Ein Gemüsehändler?

LAKAI Ein Gemüsehändler!

WALTER Sich selbst?

LAKAI Sich selbst!

WALTER In Brand gesteckt?

LAKAI Völlig in Brand gesteckt!

WALTER Lebt diese Kreatur denn noch?

LAKAI *(schüttelt den Kopf)*

WALTER *(erleichtert)* Na, was geht es uns dann an? Sollen sich diese Idioten doch selbst zugrunde richten! Dann müssen wir es nicht mehr übernehmen! *(lacht)*

LAKAI Die Menschenmenge, Eure Eminenz!

WALTER Was für eine Menschenmenge?

LAKAI *(schaut irritiert)* Na die Menschenmenge, die demonstriert!

WALTER Was ist mit der?

LAKAI Sie demonstriert für mehr Freiheit, Gleichheit und solchen Mist. Der Selbstmord dieses Gemüsehändlers hat wie ein Funke gewirkt! Das Volk begehrt auf, immer mehr Menschen versammeln sich auf dem Platz des himmlischen Friedens!

WALTER Auf dem Platz des himmlischen Friedens?

LAKAI Sehr wohl!

WALTER Versammlungen?

LAKAI Um genau zu sein…nur eine, Eure Exzellenz, aber eine ziemlich große!

WALTER *(patzig)* Und was will Er denn nun von mir?

LAKAI Sie verstoßen gegen den Ausnahmezustand, der seit beinahe vierzig Jahren in Kraft ist.

WALTER Nun, was geht mich das an?

LAKAI Aber Eure Großmütigkeit, wir müssen etwas dagegen unternehmen!

WALTER Sind das denn schon wieder diese Querulanten?

LAKAI Sehr richtig, Eure Eminenz!

WALTER *(zornig)* Diese ewigen verdammten Querulanten! Sie müssen vom Volk ferngehalten werden! *(richtet sich in dem Becken auf. Seine rosa Badehose wird sichtbar! Danach stolz mit dem Teddy in der Hand)* Mein Volk liebt mich! Es liebt mich! Ich bin ihr Ernährer, ihr Vater, ja ich bin – ihr Gott!

LAKAI Sehr richtig, Eure Heiligkeit!

WALTER *(setzt sich wieder und spielt mit dem Boot, auf das er seinen Teddy gesetzt hat)* Was sind das denn nur für Menschen? Wer sind diese Querulanten?

WALTER Vaterlandsverräter, Sir!

WALTER *(plötzlich erleuchtet)* Ah, Vaterlandsverräter?

LAKAI Jawohl! Vaterlandsverräter! Aufgewiegelt durch das Ausland – *(verzieht plötzlich das Gesicht)* durch den Westen!

WALTER *(entgeistert)* Aufgewiegelt?

LAKAI Aufgewiegelt!

WALTER Durch den...

LAKAI Westen! Jawohl, Eure Eminenz!

WALTER *(entschlossen)* Nun denn, alle verhaften lassen, foltern und was wir sonst immer mit all diesen Querulanten machen!

LAKAI Aber es sind so viele, Sir!

WALTER Viele? Dann müssen sie eben alle dran glauben! Selbst Schuld! Sollten sich lieber alle verbrennen! Dann wäre wenigstens mal wieder Ruhe!

LAKAI *(lächelt und reibt sich die Hände)* Mit größtem Vergnügen, Eurer Gnaden!

WALTER Und wegen solchen Kleinigkeiten belästigt Er mich?

LAKAI Ich wollte Eure Majestät nur auf die Ausnahmesituation hinweisen, die diese kleine Hürde stellt.

WALTER Ja gut, ist ja schon gut. *(winkt ab)* Nun lass Er mich aber meine wohl verdiente Freizeit genießen! Komme Er wieder, wenn Er wirklich sehr wichtige Nachrichten hat! Aber belästige Er mich nicht mehr mit diesen Details!

LAKAI Sehr wohl, Eure Exzellenz! *(geht ab)*

WALTER *(kopfschüttelnd)* Manchmal denke ich, ich bin der Einzige, der hier normal tickt. Soll das ein Leben für einen Diktatoren sein? Sich mit solch einem Kleinkram herum zu plagen? *(schaut träumerisch in die Ferne)* Die Welt müsste ich erobern. Ich müsste der Welt oberster Herrscher sein! Ich müsste in die Fußstapfen Napoleons treten, ja Hitlers! *(ernüchtert)* Stattdessen muss ich mir so was anhören! *(schaut seinen Teddy an, hebt ihn hoch und wischt ihm die wenigen Tropfen aus der Schnauze)* Ach, um alles muss man sich selber kümmern! *(seufzend)* Man hat es schon nicht leicht als Despot!

(Musik setzt ein, der Teddy steht auf der Luftmatratze mit Schirm und Hut und beginnt zu singen)

TEDDY *(brummig)*

Wenn nun auch noch ein Stofftier singt,
Der Leser mit den Tränen ringt,
Das Publikum noch lauter stöhnt,
Denn niemand hier wird mehr versöhnt!

Brummel, brummel,
Grummel, grummel!

Auch wenn ich nur ein Stofftier bin,
Hab ich doch für das Leben Sinn
Und weiß, wie diese Welt sich dreht.
Ich hoffe nur, dass ihr es seht!

Brummel, grummel,
Grummel, brummel!

Die Willkür ist auch hier zu Haus,
Denn ohne sie kommt man nicht aus!
Dies Drama will davon erzählen,
Deswegen muss es euch nun quälen!

Grummel, brummel,
Brummel, grummel!

Nur so versteht ihr, was es heißt,
Wenn man auf Reaktionen scheißt,
Wenn einer nur bestimmt und macht,
Und niemand mehr darüber lacht!

Grummel, brummel,
Grummel, brummel!

Despot zu sein ist ziemlich schwer,
Denn irgendwann gibt's keinen mehr,
Den man noch unterdrücken kann,
Da alle tot sind, Frau und Mann!

Grummel, grummel,
Brummel, brummel!

So schaut noch weiter, lies noch fort,
Und amüsiert euch bei dem Mord!
Zu Haus bleibt's euch im Halse stecken,
Wie sie verhungern und verrecken!

9.

(zunächst völlig sprachlos, während einige Momente vergehen, dann schüttelt der Erzähler den Kopf und räuspert sich) Ich werde mich enthalten, den vorigen Auftritt zu kommentieren, und einfach meiner Vorschrift nach weiter durch das konfuse Geschehen führen. *(sammelt sich kurz)* Sehr verehrtes Publikum, sehr geehrter Leser, alea iacta est, der Würfel ist gefallen, die Lawine beginnt zu rollen, der Funke ist übergesprungen und ein Flächenbrand entzündet sich. In der Hauptstadt hat die Nachricht der Selbstverbrennung rasch die Runde gemacht. Per sozialer Foren im Internet haben sich mehrere Menschen, meist jüngere, auf dem Platz des himmlischen Friedens verabredet, um offiziell einen Trauermarsch zu begehen. Die zunächst kleine Ansammlung fand jedoch rasend schnell Zulauf, so dass sich eine Menschenmasse bildete, die unruhig und getrieben aufbegehrt. Noch hat sich kein Sprachrohr herauskristallisiert. In diesem Moment – und wir kommen gerade richtig – besteigt jedoch Volker eine überlebensgroße Statue Walters. Was hat er vor? Will er sich erheben? Will er sich zum Anführer des Volkes aufschwingen? Vielleicht der nächste Despot werden? Oder nur die Aussicht genießen? Sehen und lesen Sie selbst!

(die Stimme genervt: Lass diesen Quatsch! Das ist ein Drama und kein Film!)

(ernüchtert) Ich wollte es nur ein wenig spannender gestalten!

(die Stimme: Nur deinen Text bitte – danke!)

(ebenfalls genervt) Ok ok, Freidenker sind hier wohl unerwünscht – also hier bitte: Die Szenerie stellt einen riesigen und weitläufigen Platz in der Innenstadt vor, der bis in die letzte Ecke gefüllt ist. Aber immer noch strömen Menschen aus allen Richtungen darauf zu. Handykameras fangen unglaubliche Bilder ein, die sofort auf Internetseiten hochgeladen werden. Eine unbeschreibliche Atmosphäre und Aufbruchstimmung beherrscht die Luft. Die Menschen tanzen und jubeln, schreien und fordern, demonstrieren und trauern.

(Mehrere Kleinwüchsige, die im Folgenden die Masse darstellen sollen, stürmen die Bühne. Ein ausgestopfter Bär repräsentiert die überlebensgroße Statue Walters)

VOLKER *(klettert die Bronzestatue hoch, in einer Hand ein Megafon, sehr euphorisch)* Ich muss die Massen erreichen! Ich muss sie mobilisieren! Das ist der absolute Wahnsinn, was sich hier abspielt! Das ist die Gelegenheit, dieses Regime zu stürzen! Es ist der Tag, auf den dieses Land seit vierzig Jahren wartet! Das ist der Moment, der alles verändern könnte! Die Freiheit ist zum Greifen nah! *(erklimmt den Kopf Walters, der eigentlich die Schnauze des Bären ist, setzt sich auf seine Schultern und blickt hinunter)* Oh man, ist das hoch! Da kann einem ja schlecht werden! *(blickt sich um und gewahrt erst jetzt das Ausmaß der Veranstaltung. Die Kleinwüchsigen laufen protestierend auf der Bühne herum und verkörpern so die lebendige Masse)* Wahnsinn! So viele sind gekommen, so viele haben ihre Angst abgelegt, so viele neuen Mut gefunden! Es scheint als sei die ganze Stadt auf den Beinen! *(zögernd)* Aber was sage ich denn nun? *(überlegt kurz, dann entschlossen)* Ich sage einfach, was ich denke, was jeder hier denkt, ja was alle seit Jahren denken! *(legt das Megafon an und spricht, woraufhin sich nach und nach immer mehr Menschen zu ihm wenden und lauschen)* Meine lieben Mitbürger und Mitbürgerinnen, meine lieben Landsleute, liebe Mitmenschen, liebe Nachbarn, *(lauter und enthusiastischer)* Brüder und Schwestern, dieses ist unsere Stunde! Lasst uns zusammenstehen und endlich diese Last der letzten Jahrzehnte verjagen! Wir sind hier alle heute zusammengekommen und haben unsere Ängste besiegt! Wir haben uns gegen alle Diskriminierungen und Ausnahmegesetze hier zusammengefunden! Wir haben neuen Mut geschöpft! So etwas gab es seit Jahrzehnten nicht mehr, aber wir haben die Schnauze voll von diesem Regime, das Willkür, Schikane, Folter und Mord als oberste Prinzipien erhebt! *(ein tosender Applaus und gellende Beifallsbekundungen fegen über den Platz bzw. über die Bühne, der bzw. die langsam von Polizisten umstellt wird)* Wir sind das Volk! Wir sind das Volk und fordern Freiheit, Gleichheit und mehr Rechte für jeden einzelnen von uns! *(wieder erbebt die Erde von der jubelnden Menge)* Jeder von uns hat bereits einen geliebten Menschen verloren, sei es, weil dieser verschleppt, in die etlichen Gefängnisse geschmissen oder zu Tode gefoltert wurde! Wir alle fühlen das gleiche! Ich habe meinen Bruder verloren! Er sah keinen Sinn mehr in diesem Leben, das uns dieses Land bietet, in das uns dieses Land zwängt.

Er hat sich selbst getötet und nur Gott mag ihm diese Tat verzeihen. Beten wir für ihn! Ja, beten wir für ihn, aber denken wir auch daran, dass er für uns starb! Nur wegen ihm sind wir heute alle hier, nur wegen ihm haben wir endlich den Mut gefunden, aufzustehen! *(schreit)* Und jetzt stehen wir auf! *(die Kleinwüchsigen sind kaum in Zaum zu halten. Da fällt Volker plötzlich mit dem Bären um. Daraufhin schreit er hinter die Bühne)* Verdammt! Habt ihr den denn nicht befestigt? *(reibt sich den Arm und steht wieder auf)* Auf nichts ist Verlass hier in dieser ollen Kaschemme!

(die Stimme energisch flüsternd: Bitte, bitte! Ein kleines Malheur! Nichts Ernstes! Stell den Bären einfach wieder auf und rauf mit dir! Vergiss nicht, dass du hier im Theater spielst!)

(stellt den Bären mit Hilfe der Kleinwüchsigen wieder auf, danach klettert er wieder hinauf, dieses Mal recht vorsichtig, dabei zu sich) Man man man, ist das ein Haufen hier! Wo war ich denn jetzt noch mal? Ach ja…*(lauter)* Wir haben uns lange genug schikanieren lassen! Wir haben lange genug dieses Regime wortlos ertragen! Jetzt erheben wir uns! Jetzt erheben wir uns! *(die Masse tobt)* Wir fordern Freiheit! Wir fordern die Anerkennung der Menschenrechte! Wir fordern das Ende des Ausnahmezustandes! Wir fordern ein neues System! Wir bleiben nun so lange zusammen, bis sich etwas ändert! Wir stehen zusammen, bis Walter und seine ganze Clique zurücktreten und freie Wahlen stattfinden! *(die Menge jubelt, ruft ihren Beifall lauthals aus und tobt)* Jetzt ist unsere Zeit gekommen! Das wird ein Neubeginn! Holt jeden Mann, jede Frau und

jedes Kind hierhin! Wir werden den Platz nicht mehr verlassen, bis…ja bis wir *(reißt den Arm in die Höhe und brüllt)* fliegen!

(alle gucken sich gegenseitig verwirrt an, dann erneut die Stimme, dieses Mal äußerst zornig: Siegen, du Idiot, es heißt: siegen, nicht fliegen! Was bist du nur für ein erbärmlicher Schauspieler?)

Oh ja, stimmt, *(zum Publikum bzw. zu Ihnen, werter Leser)* entschuldigen Sie!

(die Stimme: Bitte noch mal, damit wenigstens ein wenig Identifikation entsteht!)

(Volker räuspert sich, danach laut) Wir werden den Platz nicht verlassen, bis…ja bis wir *(reißt erneut den Arm in die Höhe und brüllt)* siegen! (die Menge ist völlig in Ekstase, völlig euphorisch und beginnt mit einhelligen Sprechchören, die durch die ganze Stadt hallen. Die wenigen Polizisten weichen ängstlich vor dieser unkontrollierbaren Masse zurück. Es fallen ein paar Schüsse, doch die Polizisten werden schnell entwaffnet)* Als Zeichen, dass wir es ernst meinen, lasst uns diese Statue, dieses Ebenbild Walters, dieses Sinnbild der Unterdrückung abreißen und vernichten! *(grenzenloser Jubel. Volker klettert von dem Standbild herunter. Seile werden an dem Bären befestigt und jeder will helfen, Walter zu stürzen)*

DAS VOLK Stürzt dieses Ungetüm! Auf die Freiheit! Lang lebe die Freiheit!

(Musik setzt ein. Während zahlreiche Menschen aus der Masse die Statue niederringen, beginnt diese zu singen)

STATUE VON WALTER *(bleiern)*

Einst stand ich für des Landes Pracht,
Für Geld und Ehre, Ruhm und Macht!
Ich ward gegossen für die Armen,
Damit auch sie sich an mir laben!

Damit auch Sie den Wohlstand sehen,
Des Landes Hierarchie verstehen.
Denn das System geht spitz nach oben
Und einer nur ist stets zu loben.

Sie schuften und sie tragen schwer,
Denn der Despot, er will stets mehr.
Damit er noch mehr Reichtum hat,
Wird niemals unten jemand satt.

So stand ich hier als das Gewissen:
Der König oben will nichts missen!
So strengt euch alle für ihn an,
Er ist nun mal der beste Mann!

Doch ach – so schnell vergeht die Zeit!
Die Sklaven Walters sind's nun leid!
Sie glauben nicht mehr an den Staat,
Sie sehen ihn als Teufels Saat!

So fällt mal alles, was einst stand,
Und was einst blühte, wird verbrannt.

Das ist des Lebens ew'ger Lauf,
Es geht hinunter und hinauf!

Man kann ein Volk nicht unterdrücken
Und sich mit seinem Leide schmücken.
Denn irgendwann wird's sich erheben,
Mit Zorn und Donner, Blitz und Beben!

Doch warum – ach – muss ich nun sterben
Und lieg alsbald in tausend Scherben?
Geschaffen als ein Monument –
Vergeh ich nun in dem Moment!

Hab nichts von dieser Welt gesehen,
Denn immer musste ich hier stehen!
Nun geht's zu Ende – ach oh wei –
Nun platzt der Kopf, es birst das Blei!

10.

Der folgende Auftritt ist nichts für schwache Nerven! Falls Sie Probleme mit der Darstellung von Gewalt haben, sollten sie diese Episode überschlagen. Falls Sie natürlich im Theater sitzen, wird es ein wenig problematischer. Vielleicht hält ihr Sitznachbar ihnen gütiger Weise die Augen zu, vielleicht gehen Sie sich kurz frisch machen oder holen einfach neues Popcorn. Ich muss an dieser Stelle jedoch auch anmerken, dass natürlich kein echtes Blut zu sehen sein wird. Als Leser hingegen sind Sie natürlich dazu angehalten, sich echtes Blut vorzustellen. Sie sollen sich ja kein Ketchup vorstellen, wenn jemand erschossen wird! *(lacht)* Das wäre ja wirklich zu albern!

(die Stimme meldet sich wieder zu Wort: Mein Gott, hör doch endlich auf, immer abzuschweifen! Das gehört doch alles zur Szene! Soll sich doch jeder selbst ein Bild davon machen! Nimm doch nicht immer alles schon vorweg!)

(rollt mit den Augen) So, dann gebe ich wiederum nur einen kurzen Einstieg: Die Demonstration schwillt immer weiter an, verbreitet sich nun sogar auch in anderen Städten, in denen der Aufstand geprobt und eine Opposition gebildet wird. Die ersten Versuche Walters, diesen Flächenbrand einzudämmen, sind gescheitert. Nachdem Lakai ihn wieder in seiner geringen Freizeit unterbrochen hatte, um ihn das Neuste zu berichten, bekam Walter einen solch maßlosen Wutausbruch, dass er sogar seinen Teddy an die Wand schleuderte. Zum Glück aller ist ihm aber nichts passiert. Als Walter sich wieder beruhigt hatte, forderte er, mit aller nöti-

gen Härte gegen diese Querulanten vorzugehen. Lakai lächelte nur und gab sofort Befehle an Hermann weiter.

HERMANN *(steht mit seinen Soldaten auf den Dächern der Stadt, rund um den Platz des himmlischen Friedens, auf dem tausende Menschen zelten. Soldaten sind gekleidet in Wehrmachtsuniformen)* Und bitte, Männer, habt kein Mitleid und Erbarmen mit ihnen! Wären sie an eurer Stelle, würden sie es euch gleichtun! Das ist das Prinzip „Fressen und Gefressen werden"! Diese Ausgeburten gehören nicht zum Volk! Es sind Querulanten! Aufgewiegelt durch den Westen! Nur mutig immer ran an die Waffen und auf mein Kommando legt ihr an!

SOLDATEN *(einstimmig)* Jawohl, Herr General!

(die Stimme meldet sich verärgert: Um Himmels Willen, das sind die falschen Kostüme, ihr Idioten! Wir sind doch nicht im dritten Reich!)

HERMANN *(leise)* Wir haben hinten keine anderen gefunden!

(die Stimme: Und dann nehmt ihr die Uniform der Wehrmacht? Das gibt doch sofort ganz neue Assoziationen! Ja nun ist es zu spät! Weitermachen! Zu sich: Herrje, auf nichts und niemanden kann man sich hier verlassen!)

(zu seinen Wehrmachtssoldaten) Wir müssen diesen Auswüchsen eine Lektion erteilen! Wo kommen wir denn hin, wenn jeder Hinz und Kunz sich hier erheben würde?

SOLDATEN *(einstimmig)* Jawohl, Herr General!

HERMANN Sie sind wie Ratten! Man darf sie nicht gewähren lassen! Man muss sie ausräuchern, bevor es zu spät ist!

SOLDATEN *(einstimmig)* Jawohl, Herr General!

HERMANN Wir müssen diesen Parasiten zeigen, wer hier Herr im Hause ist! Wir sind die Armee Walters, also lasst uns unsere Feinde zurückschlagen!

SOLDATEN *(einstimmig)* Jawohl, Herr General!

HERMANN So denn zu den Waffen, Männern. Zeigen wir diesem Abschaum, was sie verdienen!

SOLDATEN *(einstimmig)* Jawohl, Herr General! *(die Soldaten verteilen sich auf dem Dach, legen ihre Scharfschützengewehre an und warten auf den Befehl zu schießen)*

HERMANN Schaut euch diese Brut genau an! Es sind unsere Todfeinde! West-Sympathisanten! Brandgefährlich! Es sind Bestien!

METHEUS *(ein wenig verunsichert)* Herr General!

HERMANN Ja was denn?

METHEUS Ich...ich sehe aber nur friedliche Menschen auf dem Platz!

HERMANN Das ist alles nur Täuschung, glaub mir!

METHEUS Aber überall sind Frauen und Kinder! Sind das unsere Feinde?

HERMANN Willst du etwa einen Befehl verweigern?

METHEUS Ich dachte nur, wir schießen auf Bestien!

HERMANN Das sind die Bestien! Sie lehnen sich gegen unseren schönen Staat auf! Es sind Vaterlandsverräter!

METHEUS Wer denn? Die Kinder auch?

HERMANN Aber die doch erst recht! Wenn diese Auswüchse schon mit solch einer Haltung aufwachsen, werden sie später desto querulantiger!

METHEUS Aber wir können doch nicht auf friedliche Frauen und Kinder schießen?

HERMANN *(drohend)* Soldat, willst du dich meinem Befehl verweigern?

METHEUS *(eingeschüchtert)* Aber, wir können doch nicht…

HERMANN *(packt ihm am Kragen)* Soldat, du begibst dich auf ganz dünnes Eis! Zweifelst du etwa an meiner Führung? Gar an Walters Fügung?

METHEUS Ich wollte doch nur…

HERMANN *(energisch)* Was wolltest du nur? Mach gefälligst deine Arbeit! Wozu bist du Soldat? Wärst du zum Denken berufen, wärst du kein Soldat, Soldat! Das überlass gefälligst anderen Menschen! *(schmeißt ihn auf den Boden)* Und jetzt will ich so tun, als hätte ich das nicht gehört! *(wendet sich an alle anderen Scharfschützen)* Also, Soldaten, rottet diese Bande aus! Last keinen am Leben! Diese sind unsere Feinde!

METHEUS *(während alle anlegen und zielen)* Kameraden, wir müssen nicht auf diesen Mann hören!

HERMANN *(aufbrausend)* Was sagst du? Ich glaub, ich hab mich verhört!

METHEUS Wir müssen nicht schießen! Das ist unser eigenes Volk! Unsere Nachbarn, Schwestern, Mütter, Kinder!

HERMANN *(zornig)* Was erlaubst du dir?

METHEUS Hört mir zu! Lasst uns mit den Menschen ziehen! Wir können dieses Land verändern! Wir sind die
Armee! Es liegt allein in unseren Händen!

HERMANN *(außer sich vor Wut)* Was meinst du, wer du bist!
Soldat, mit sofortiger Wirkung bist du aus der Armee
ausgeschlossen und als Vaterlandsverräter angeklagt!
Darauf steht die Todesstrafe! Erschießt diesen Querulanten! Er ist einer von ihnen!

METHEUS Das müsst ihr nicht tun! Das dürft ihr nicht tun!
Erschießt nicht mich, erschießt diesen Mann! Lasst uns
etwas verändern in diesem Land!

HERMANN Soldat, gib mir sofort deine Waffe! Das ist ein
Befehl! Wird's bald!

METHEUS Hört nicht auf ihn! Das ist unser Volk da unten!
Sie demonstrieren auch für unsere Rechte!

HERMANN Nun reicht's! *(zieht seine Pistole, während alle anderen Soldaten gebannt zu schauen)* Im Namen Walters ergeht
folgendes Urteil: Tod durch Erschießen! *(drückt ab. Es
folgt ein ohrenbetäubender Knall. Das Publikum, aber auch Sie
zucken zusammen, werter Leser)*

METHEUS *(bricht zusammen)* Verdammt, was ist das? *(befühlt
seine Brust)* Das ist Blut! Das ist richtiges Blut! Um
Himmels Willen...*(stirbt, während der Ketchup die ganze
Bühne überschwemmt)*

HERMANN *(nachdem alle eine Zeit lang Metheus beim Todes-
kampf zugesehen haben)* Hat noch jemand Fragen von
euch? So ergeht es Vaterlandsverrätern! *(schaut in die
ängstlichen Gesichter seiner Soldaten)* Möchte sich noch je-

mand auflehnen? *(Stille)* Dachte ich's mir doch! So denn, an die Waffen und heizt denen da unten richtig ein!

SOLDATEN *(versuchen die Leiche Metheus von der Bühne zu ziehen)*

SOLDAT 1 *(befühlt aufgeregt Metheus Puls, danach testet er den Ketchup)* Verdammt, was ist hier geschehen? *(reißt Metheus das Hemd vom Leibe)* Was ist…*(schreit)* Holt einen Arzt, holt sofort einen Arzt!

SOLDAT 2 Was ist denn?

SOLDAT 1 Wir brauchen einen Arzt Sofort!

HERMANN Was ist denn los? *(allmählich versammeln sich alle Soldaten um die Leiche)*

SOLDAT 1 *(fassungslos)* Er…er ist tot! Das war eine richtige Kugel! Er ist tot, verdammt noch mal!

HERMANN Was sagst du?

SOLDAT 1 *(schreit)* Er ist tot! Du hast ihn erschossen! Das waren keine Platzpatronen!

HERMANN *(entgeistert)* Das ist unmöglich! *(beschaut die Waffe)* *(die Stimme aufgeregt: Was ist passiert? Was spielt ihr da? Das gehört nicht zum Plot!)*

SOLDAT 1 Verdammt noch mal, Metheus ist tot! Er ist tot! Er ist wirklich tot! Das hier ist richtiges Blut *(zeigt auf den Ketchup)*!
(die Stimme: Was sagst du da?)

SOLDATEN *(panisch untereinander)* Er ist tot! Wie konnte das passieren?
(die Stimme: Das kann nicht sein! Schafft diesen Idioten von der Bühne! Egal ob tot oder nicht!)

SOLDAT 1 Brecht das Stück sofort ab! Brecht es ab!

(die Stimme: Das können wir nicht machen!)

(zum Publikum, ebenso zu Ihnen) Dieses Stück ist vorbei! Hier gibt es nichts mehr zu sehen! Gehen Sie nach Hause! Legen Sie das Buch weg!

(die Stimme: Bist du des Wahnsinns? Stopft diesem Idioten das Maul! Runter mit den beiden! Sofort!)

(schreit) Ich fasse es nicht! Hier ist grade ein Mord geschehen! Jemand ist gestorben! Polizei! Polizei! *(wendet sich an Schauspieler, Publikum und Leser)* Unterstützt diesen Mord nicht einfach so! Schaut doch nicht einfach so zu! Unternehmt doch bitte etwas! Bin ich denn der einzige Nüchterne hier?

(die Stimme: Um Himmels Willen! Ich muss etwas unternehmen!)

(Vorhang fällt! Dahinter hört man lautes Schreien, Poltern, Schluchzen, Kämpfen)

(nach wenigen Augenblicken tritt der Erzähler auf, kreidebleich, die Angst noch in den Augen lesbar) Ich…ich werde dazu aufgefordert, die eben geschehenen Dinge richtig zu stellen! *(schluckt)* Ein tragisches Unglück ist soeben geschehen! Ich bitte Sie deswegen, Ruhe zu bewahren! Es ist nichts, was wir nicht im Griff oder vorausgeplant hätten. Ich bitte lediglich um ein wenig Geduld. Es wird sogleich weitergehen! *(zu sich)* Oh mein Gott, was wird denn hier bloß gespielt? Nun nehmen die Auswüchse aber beängstigende Formen an! Was soll ich denn nun sagen?

(die Stimme: Sprich mit den Leuten, verdammt noch mal! Lass sie jetzt nicht so alleine da sitzen!)

Was soll ich denn sagen?

(die Stimme: Denk dir etwas aus! Wofür bist du Erzähler? Improvisiere ein wenig!)

(zu sich) Herr im Himmel! *(wendet sich ans Publikum und an den Leser: In den folgenden Minuten improvisiert der Erzähler ein wenig und beruhigt sowohl das Publikum als auch Sie! Er versucht das Publikum als auch Sie zu bezirzen, mit Rhetorik einzufangen, so dass Sie den Vorfall als kleines Malheur oder aber als zum Plot gehörig betrachten. Am Ende lächeln alle schon wieder und sind bester Laune. Bei Ihnen sehe ich doch auch schon wieder ein Schmunzeln!)*

Und wie ich gerade vernehme, kann es auch schon weiter gehen!

(die Stimme: Sehr gut! The Show must go on! Wir beenden die Szene nun!)

Also verehrtes Publikum, wir steigen wieder ins Geschehen ein! Viel Vergnügen!

HERMANN *(nimmt einen Schluck aus seinem Flachmann, während er am ganzen Körper zittert)* Also Männer, jeder hört auf mein Kommando! Lasst niemanden am Leben!

SOLDATEN *(zielen auf das Publikum, das nun das Volk darstellen soll)* Jawohl, Herr General!

HERMANN Legt an! *(Soldaten legen an, während das Publikum in Angst ausbricht)* Verschont niemanden! Und Feuer! *(Soldaten feuern in die Menge, dieses Mal mit Platzpatronen, einige im Publikum schreien jedoch auf)*

(Musik setzt ein. Videoleinwand kommt herunter gefahren mit Ausschnitten von Massakern an der arabischen Bevölkerung)

VIDEOLEINWAND *(singt)*

Wenn nichts zu sagen bleibt, komm ich!
Bewegtes Bild bewegt auch dich!
Durch Filme zeige ich der Welt,
Wie's um sie grausam ist bestellt!

Denn Mord und Folter überall
Und ihr klatscht noch dazu Beifall!
Ihr seht und hört nichts von dem Leid,
Bis vom Unwissen euch befreit

Das Bild, der Film und auch noch Ton.
Denn die Identifikation
Braucht ihr, damit sich Mitleid regt.
Ich bin das Bild, das euch bewegt!

11.

(läuft hektisch auf der Bühne hin und her, während er vor sich hinredet) Mein Gott, das stand nicht in unserem Vertrag. Nichts davon, dass man hier um sein Leben fürchten müsste. Diese arme Kreatur! Hatte er wohl Familie? Was wird dieser nun erzählt? Bin auch ich nicht mehr sicher? Ist niemand mehr hier sicher? Selbst das Publikum nicht? Oder gar der Leser? Müssen auch wir um unser Leben fürchten? Dreht der Dichter nun völlig durch? Reicht es nicht, wenn Walter oder eben dieser Schauspieler es bereits macht? Was wird denn hier nur gespielt? Breitet sich die fiktive Willkür nun auf die Wirklichkeit aus? *(bemerkt plötzlich das Publikum, das ihn anstarrt, und Sie, der seinen Monolog verfolgt. Daraufhin überrascht)* Aber wie lange hören Sie mir denn schon zu? *(sammelt sich rasch und beginnt zu lächeln)* Meine Damen und Herren, ich versichere Ihnen, Sie natürlich nur in die Irre führen zu wollen. Mir war bewusst, dass Sie bereits lauschen und dieser ängstliche Monolog damit bereits zu meinem Auftritt zählte, *(gezwungen lächelnd)* Ihnen nun gewiss auch, oder? *(räuspert sich)* Die Nachrichten des Massakers, das Hermann und seine Schergen im Namen Walters angerichtet haben, gehen um die Welt, während das Volk sich nicht zurückschrecken lässt und eisern den Kampf gegen das Regime fortsetzt. Reporter und Journalisten aller Welt berichten über diese grausame Tat.

(eine schwere Kamera steht auf der rechten Bühne und sendet im Folgenden Live-Bilder auf die Videoleinwand, die immer noch heruntergefahren ist, um dadurch Fernsehnachrichten zu imitieren.)

JOURNALIST 1 *(betritt die Bühne, in der Hand ein Mikrofon. Sie positioniert sich vor der Kamera und beginnt eindringlich auf Japanisch zu reden. Nach einiger Zeit verlässt sie die Bühne)*

JOURNALIST 2 *(betritt von der anderen Seite die Bühne. Sie positioniert sich ebenfalls vor der Kamera, beginnt jedoch auf Französisch zu reden. Nach einiger Zeit verlässt auch sie die Bühne)*

JOURNALIST 3 *(betritt die Bühne, stellt sich vor die Kamera und redet etwas auf Englisch. Kurze Zeit darauf verlässt er die Bühne)*

JOURNALIST 4 *(betritt die Bühne, redet Russisch, verlässt die Bühne)*

JOURNALIST 5 *(redet Indisch)*

JOURNALIST 6 *(redet Spanisch)*

JOURNALIST 7 *(redet Schwedisch)*

JOURNALIST 8 *(Deutsch)* Unglaubliche Szenen spielen sich hier ab, meine Damen und Herren! Augenzeugenberichten zufolge hat das Militär begonnen auf die Zivilisten zu schießen, die seit Tagen friedlich auf dem Platz des himmlischen Friedens demonstrieren. Nach unterschiedlichen Meldungen sind zwischen 23 und 167 Menschen ums Leben gekommen, darunter auch Frauen und Kinder. Manche berichten von einem Massaker, das die letzten Tage stattgefunden haben soll. Walter scheint nun brutal durchzugreifen und keinerlei Aufstände mehr zu dulden. Mit aller Macht versucht er seinen Führungsanspruch aufrechtzuerhalten. Dabei scheint er sogar vor den grausamsten Mitteln nicht mehr zurück zu schrecken. Die UN hat derweil eine Sondersitzung einberufen und berät mittlerweile über Sanktionen. Man mag sich aufgrund der erschreckenden Bilder, die ich hier mit eigenen Augen sehe, nur wünschen, dass sie rasch zu einem Entschluss kommen mögen. Für Sie berichtet live vom Ort des Geschehens… *(geht ab)*

JOURNALIST 9 *(redet Türkisch)*

JOURNALIST 10 *(redet Portugiesisch)*

JOURNALIST 11 *(Chinesisch)*

JOURNALIST 12 *(Bulgarisch)*

JOURNALIST 13 *(Thai)*

JOURNALIST 14 *(Griechisch)*

JOURNALIST 15 *(Italienisch)*

JOURNALIST 16 *(Esperanto)*

JOURNALIST 17 *(schweigt)*

(Musik setzt ein)

DIE SPRACHE *(beginnt zu singen)*

So vielfältig, wie ich es bin,
Bin ich der Menschheit höchstes Gut,
Bin der erhabenste Gewinn,
Weil alles nur auf mir beruht!

Im Anfang war sogleich das Wort,
So bin ich allen Ursprungs Quelle!

Längst schwappe ich durch jeden Ort,
Und jeder reitet auf der Welle!

Das Innere nach außen kehren,
Das auszudrücken, was man will:
Nicht bin ich dabei zu entbehren,
Denn ohne mich ständ alles still!

Der Kunst, Kultur und Menschlichkeit,
Und selbst der Zivilisation –
Ja allem gab ich das Geleit
Durch meine Kommunikation!

Ich bin das Höchste, das vollbracht,
Ich bin das Höchste, das vollbringt,
Ich bin der Erde höchste Macht,
Wenn Gott selbst erst durch mich erklingt!

Doch ach – ich bin nur Konvention,
Bin ziemlich starr und arbiträr!
So lange seufze ich nun schon:
Wie gern ich doch mit Seele wär!

12.

Lakai trifft erneut mit beunruhigenden Nachrichten in der Villa Walters ein. Dieser sitzt in seinem weitläufigen Garten und diniert mit seiner Frau. Er ist erneut in bunten Gewändern gekleidet und trägt seine schwarze Sonnenbrille. Ein Plasmafernseher steht am Ende des Tisches. Derzeit läuft MTV Cribs, eine amerikanische Sendung, in der die Besitzungen der Schönen und Reichen, Stars und Sternchen vorgestellt werden.

WALTER *(zu seiner Frau)* Ha, schau dir diese armen Burschen an. Besitzen ein Häuschen, eine Yacht und mehrere Autos und denken, Sie hätten es zu etwas gebracht. *(lachend)* Armselige Würstchen!

SIMONE *(abwertend)* Sie sind natürlich gar nichts im Vergleich zu uns!

WALTER Nein, wirklich nicht! Einen Staat müssten diese Idioten erstmal leiten, ein ganzes Volk besitzen, statt nur ein wenig Prunk und Luxus. Und trotzdem meinen Sie schon, viel ihr eigen nennen zu können! *(erneut auflachend)* Ach armselige Spinner!

SIMONE In der Tat, in der Tat!

WALTER *(euphorisch)* Oh jetzt kommt Madonna. Ich liebe dieses Lied! Dreh doch mal lauter *(singt mit)*!

LAKAI *(aus der Ferne auf sie zukommend)* Heil Walter!

WALTER *(plötzlich enttäuscht)* Oh nein! Jetzt nicht auch noch der! Hat man denn nicht mal eine Minute für sich!

SIMONE Er will uns doch nur von den neusten Nachrichten berichten! So lass ihn doch!

WALTER Ach, ich weiß doch schon, dass er mir wieder von diesen Querulanten erzählen möchte. Ich mag langsam nicht mehr! Immer dieser Stress! Ich bräuchte mal Urlaub!

LAKAI *(erreicht den Tisch und verbeugt sich)* Heil Walter!

WALTER *(genervt)* Ja was hat Er denn schon wieder?

LAKAI Bitte höflichst zu berichten!

WALTER Dann berichte Er mal!

LAKAI Trotz immenser Bemühungen und scharfer Munition demonstrieren diese Querulanten immer weiter. Es sind einfach zu viele. Beinahe das ganze Land ist auf den Füßen. Überall wird von Aufständen berichtet, überall gehen die Menschen auf die Straße! Die Armee rückt schon mit aller Macht gegen sie vor, aber...

WALTER *(außer sich vor Wut)* Was erlauben diese Kreaturen sich? Was meinen die, wer sie sind? Verdammt noch mal... *(wirft das Geschirr auf den Boden)*

SIMONE *(beschwichtigend)* Aber Schatz, bleib doch bitte ruhig! Dann müssen wir halt noch härter durchgreifen!

WALTER *(schaut Lakai herausfordernd an)* Was erlaubt Er sich mir stets solche Nachrichten zu überbringen? Ich glaube, Er macht dies mit voller Absicht!

LAKAI *(ängstlich)* Aber...aber...

WALTER Nichts aber! Macht Er denn überhaupt seine Arbeit? Ich denke, ich sollte vielleicht einen neuen Berater einstellen! Diese Tage sind ja unerträglich! Überall, wo man hinguckt, diese Querulanten! Wie viele sind das denn überhaupt? Mein Volk liebt mich doch! Wie kann es dann zu solchen Auswüchsen kommen? Kann Er mir das mal erklären?

LAKAI *(mit zitternder Stimme)* Alle angestachelt durch den Westen, Eure Eminenz!

WALTER *(wütend)* Ach, dieser Westen! Wer soll das denn eigentlich sein? Ich habe langsam die Schnauze voll von diesem Westen!

LAKAI Es sind Querulanten, mein Herr, Vaterlandsverräter! Sie verdienen alle die Höchststrafe!

WALTER Dann richte sie alle hin! So viele können es doch gar nicht sein!

LAKAI Aber wir sind ja schon tagtäglich dabei, Eure Majestät!

WALTER Dann reicht es wohl noch nicht! Dann macht hier jemand wohl seine Arbeit nicht gut *(schaut Lakai an, der ängstlich auf den Boden schaut)*!

SIMONE Nun reg dich doch nicht so auf, Schatz! Das ist nur ein vorübergehender Zustand, eine Grille des Volkes! Bald schon werden sie wieder klein beigeben! Spätestens, sobald sie nichts mehr zu essen haben und alle um sie herum tot sind!

WALTER *(ein wenig beruhigter)* Ja, wahrscheinlich hast du Recht, meine Liebe! Die Zeit wird schon alles richten! Welch törichte Vorstellung, dass ein Volk seinen Herrscher vertreiben könnte! Nicht wahr, Lakai? Er kümmere sich darum! Was steht Er denn immer noch so da? Nun husch husch!

LAKAI *(stotternd)* Es gibt da aber noch ein Problem, mein Führer!

WALTER *(den Zorn unterdrückend)* Wie meint Er? Noch ein Problem? Was kommt jetzt noch?

LAKAI *(ängstlich)* Die UN, Eure Hoheit!

WALTER Was ist das jetzt schon wieder? *(Lakai und Simone schauen sich betreten an)*

LAKAI Das sind die Vereinten Nationen, Eure Erlaucht! Eine Organisation zahlreicher Staaten zum Schutze der sogenannten Menschenrechte und Einhaltung dieses absurden Völkerrechtes!

WALTER *(erfreut)* Aha, und was ist mit denen? Stehen sie mir bei? Wollen sie mir helfen, den Aufstand niederzuschlagen? Das wurde aber auch mal Zeit! Wann wollen sie eingreifen?

SIMONE *(schaut betreten zur Seite)*

LAKAI Nun, äh…leider im Gegenteil, Eure Heiligkeit! Sie beraten über Sanktionen und fordern die sofortige Unterlassung von Gewalt gegen das Volk!

WALTER Bitte was?

LAKAI Nun, sie sprechen bereits mit einigen dieser Querulanten und fordern Waffenstillstand und einen Demokratisierungsprozess! Alle europäischen Großen haben sich bereits von Eurer Eminenz abgesagt!

WALTER Was? – Alle?

LAKAI *(verlegen)* Alle!

WALTER Der Goldio?

LAKAI Auch der!

WALTER Die Ferkel?

LAKAI Sie auch!

WALTER Und der Nikolaus?

LAKAI Leider auch er, mein Führer! Er sogar am entschiedensten!

WALTER Und was ist mit…

LAKAI *(unterbrechend)* Alle, Eure Majestät, wirklich alle! Sie haben sogar Eure Konten in der Schweiz sperren lassen!

WALTER Meine Konten? Aber die haben doch gar nichts gemacht!

LAKAI So ist der Westen, Eure Eminenz!

WALTER *(bestürzt)* All das schöne Geld, das ich in jahrelanger mühseliger Kleinarbeit aus dem Volk gepresst habe, wollen sie nun an sich nehmen?

LAKAI So sieht es auch!

WALTER *(fassungslos und voller Selbstzweifel)* Das darf doch nicht wahr sein! Was hab ich denn getan? Waren wir denn nicht alle grad noch Freunde? War nicht grad noch das Mittelmeerraumbankett? Haben Sie mich nicht gerade noch mit Kusshand begrüßt? Was hab ich ihnen denn nur getan?

SIMONE *(tröstend)* Ach Schatz, sie haben dir nur etwas vorgespielt. Ich habe dich schon immer gewarnt. Denen da drüben ist nicht zu trauen mit ihrer Demokratie. Sie sind die Schlimmsten von allen! Sie erzählen stets etwas anderes als sie tun! Sie lächeln dir ungeniert ins Gesicht und drehst du dich um, stechen sie dich ab!

LAKAI Es stimmt, Eure Gnaden! Es sind Verräter! Da sieht man die Beständigkeit des Westens! Stelle sich mal einer vor, wir hätten damals diese RAF aufgenommen, ausgebildet, ja gar unterstützt. Das hätte ein großes Drama gegeben! Wir hätten diesen Rebellen ebenso helfen und Reformen von dem deutschen Staat fordern können!

WALTER *(enttäuscht)* Was maßen diese Lackaffen sich an? Ach Goldio, hast du unsere Feste denn einfach so vergessen? *(plötzlich verfinstert sich seine Miene und er springt auf)* Verdammte Dreckshunde! Solange ich ihnen die Flüchtlinge, den Islamismus und Terrorismus vom Halse hielt, solange war ich ihr bester Freund! Solange kümmerte sich niemand um unseren Zustand hier! Solange war ich ein gern gesehener Gast! – Unglaublich!

SIMONE *(erschrocken vor dem plötzlichen Ausbruch)* Schatz, setz sich doch bitte wieder! So wird es auch nicht besser!

WALTER *(wütend)* Halt den Mund, Weib! Das ist nun Männersache! Davon versteht ihr Frauen nichts! *(besorgt)* Lakai, was ist zu tun? Verdammt, ich könnte ausrasten bei der Scheinheiligkeit dieser Westhunde!

LAKAI *(überlegt)* Wir dürfen uns nicht beeindrucken lassen von solchen Sachen, Eure Eminenz! Selbst wenn sie Sanktionen fordern, sie werden niemals militärisch intervenieren. Dafür sind sie in zu vielen anderen Kriegen verwickelt! Wir müssen nun hart durchgreifen, kein Erbarmen und keine Gnade zeigen! Sie werden sich nicht trauen, uns anzugreifen! Wir müssen das schnell in den Griff bekommen, alle Querulanten ausrotten, dann kehrt auch wieder Frieden ein und Eure Herrlichkeit wird wieder ein gern gesehener Gast in westlichen Ländern! Jetzt fordert die Zeit eine starke und führende Hand!

WALTER Ja, Er hat Recht, Lakai, Er hat Recht! Lass Er mich kurz überlegen! *(geht ein paar Schritte auf und ab, während aus dem Fernseher Britney Spears schallt)* Lakai, mach Er die Grenzen kurzfristig auf! Sollen die Flüchtlingsströme Europa überrennen! Mal sehen, ob sie dann immer noch so denken! Stopft die Boote voll, so dass diese Querulanten auf dem Meer kentern und ersaufen! Schickt alle Journalisten und Ausländer aus dem Land! Niemand kommt hier mehr hinein! Niemand wird hier mehr geduldet! Nun wird abgeschottet und aufgeräumt! Mit diesen paar Querulanten werden wir doch wohl fertig werden! Wir machen kurzen Prozess!

LAKAI *(lächelnd)* Ein sehr guter Plan, mein Führer!

WALTER Jawohl, jetzt haben sie mich aus der Reserve gelockt. Die werden schon sehen, mit wem sie sich hier einlassen! *(entschieden)* Mein Volk liebt mich, verdammt noch mal! *(heroisch)* Ich bin Walter!

LAKAI Ich werde Eure Worte sofort in die Tat umsetzen! Heil Walter! *(geht ab)*

WALTER *(schaut sich um)* Wo ist mein Teddy? *(wütend)* Verdammt noch mal, wo ist mein Teddy?

SIMONE Aber hier ist er doch *(reicht ihm den Teddy)*!

WALTER Ja, du bist der einzige, auf den ich mich verlassen kann! Du wirst mich nicht im Stich lassen und dich einfach von mir abwenden! Überall nur Verrat! Aber du stehst zu mir!

SIMONE *(rollt mit den Augen)*

(Musik setzt ein. Der Westen beginnt zu singen.)

DER WESTEN *(alt und weinerlich)*

Verraten und erdolcht ward ich,
Die Grundsätze, sie halten nicht!
Kapitalismus überall
Bringt selbst Demokratien zu Fall!

Geschäfte machen mit Tyrannen,
Um noch mehr Geld stets zu erlangen!
Damit die Grenzen sicher sind,
Häuft man die Leichen, Kind auf Kind!

Versprechen werden ignoriert
Und Mörder elegant chauffiert.
Man lädt sie zu Versammlungen,
Betreibt kräftig Verhandlungen,

Man unterstützt sie mit Millionen,
Mit Panzern will man sie belohnen,
Denn – ach – so schlimm sind sie ja nicht
Und wir verdienen königlich!

Man muss ja nicht genau hinschauen,
Wenn Kinder sterben und auch Frauen,
Wenn Willkür herrscht in einem Land,
Wo selbst die letzte Hoffnung schwand,

Wo Mord und Folter herrisch thronen
Und Folterknechte fürstlich wohnen,
Wo Kinder größte Qualen leiden,
Wenn sie Arm oder Bein abschneiden,

Wo spurlos man verschwinden kann,
Der Vater ist als Nächstes dran,
Wo man in Furcht und Angst stets lebt,
Ob man sich abends wiedersieht,

Wo man nicht offen reden mag,
Sonst liegt man nächstens selbst im Sarg,
Und wo man sich nicht treffen darf,
Geschossen wird ansonsten scharf!

Ja, immer fort wird er gestützt,
Weil der Despot uns doch mehr nützt,
Weil er dies Land zusammenhält,
Egal ob es dem Volk gefällt!

Ach – ich erkenne mich nicht mehr,
Bedaure den Verfall so sehr!
Einst stand ich für Gerechtigkeit,
Nun steh ich für Verrat und Leid!

Gestürzt von raffgierigen Hunden,
Lieg ich am Boden, leck die Wunden!
Denn nimmer besser als die Meuchler
Sind meine scheinheiligen Heuchler!

13.

Meine Damen und Herren, das war wohl der Abgesang auf den Westen, auf unsere scheinheiligen Ideale. *(kurze Pause)* Ja, nun schauen Sie nicht so, oder denken Sie in der Tat, dass hier alles Gold ist, was glänzt. Woher dieser Schein rührt, das hat nie jemanden interessiert, Hauptsache war stets, uns geht es gut. Auf welche Kosten jedoch, das war uns immer recht egal! Dass Reichtum und Wohlstand, Luxus und eine Überflussgesellschaft wie die unsere immer auf Kosten anderer gehen, ist doch nicht erst seit Brecht bekannt! Dass es oben welche gibt, kann doch nur sein, weil andere unten gehalten werden! Nun, haben wir daher nicht alle am Leid dieser Menschen mitzutragen? Haben Sie *(zeigt auf einen Mann im Publikum)* nicht ebenso Schuld an der Armut und Unterdrückung, oder Sie *(zeigt auf eine Frau im Publikum)*, nun oder du *(zeigt auf ein Kind im Publikum)*? Nein du wohl nicht, ja aber Sie doch sicherlich *(zeigt genau auf Sie und fixiert Sie streng)*!

(die Stimme schimpfend: Was machst du denn bloß schon wieder da? Nun schwing doch keine pathetischen Reden hier! Das Publikum soll zum Denken angeregt und nicht beleidigt werden!)

Ich entschuldige mich nicht für diesen kleinen Hinweis! Ein jeder sollte einmal darüber nachdenken!

(die Stimme genervt: Sehr schön! Und nun weiter, bitte!)

Während Sie sich nun den Kopf zerbrechen, führt Volker die Masse in der Zwischenzeit immer weiter voran. Die Hauptstadt scheint Kopf zu stehen. In allen anderen Städten, ja sogar auf dem Land sieht es genauso aus. Der Frühling peitscht die Gefühle auf, die Menschen lassen sich nicht mehr unterdrücken, sondern stellen lauthals Forderungen nach der Abdankung Walters, nach freien Wahlen und Menschenrechten. Die Hoffnung blüht auf, die Hoffnung auf ein gerechteres Land, auf ein gerechteres Leben spendet all diesen Menschen Mut. Die Aussicht auf Erfolg ist so groß wie noch nie zuvor!

VOLKER *(hat sich längst zum Sprachrohr der Massen aufgeschwungen und spricht nun erneut auf dem Platz des himmlischen Friedens)* Liebe Brüder und Schwestern! *(tosender Applaus)* Wir haben diesem Regime gezeigt, dass wir nicht zanken…
(die Stimme: wanken, du Idiot)
…dass wir nicht wanken! Egal, wie viele sie von uns töten, wir werden nicht weichen! Keinen Millimeter! *(stürmender Applaus)* Auch wenn bereits über tausend von uns ihr Leben lassen mussten, wir stehen zusammen und erheben uns gegen dieses Terrorregime! Das Ausland steht seit Tagen hinter uns! Die UN berät nicht nur über Sanktionen, sondern auch über militärische Hilfe! *(Menschen schießen in die Luft und tanzen)* Wir dürfen jetzt nicht aufgeben! Es ist ein harter und steiniger Weg, aber wir dürfen nicht aufgeben! Wir sind tausende, ja hunderttausende! Was sollen diese Schergen um Hermann und Walter machen? Wollen sie uns alle umbringen? Wollen sie das ganze Volk exekutieren? *(erneut Schüsse und Applaus)* Dazu sind sie nicht in der Lage! Dieses Regime muss gestürzt werden! Die Zeit ist überreif! Und ich verspreche euch eines: *(lauter)* Wir werden dieses Regime

stürzen! *(die Menge ist außer sich)* Lasst uns zum Präsidentenpalast ziehen und unseren Forderungen Nachdruck verleihen! *(Die Masse jubelt und feiert und begibt sich unter dem Sprachrohr Volker zum Palast Walters. Friedlich ziehen sie durch die Straßen und walzen sich durch die Stadt. Immer wieder fallen Schüsse, doch die Masse lässt sich nicht irritieren)*

(Musik setzt ein. Die Masse beginnt zu singen)

DIE MASSE

> Wir sind das Volk, wir sind das Land,
> Wir haben unsre Macht erkannt!
> Wir weichen keinen Schritt zurück,
> Wir kämpfen nun für unser Glück! : ‖

14.

Herrje, jetzt gibt es wohl wirklich kein Zurück mehr! Der Flächenbrand hat seine größte Ausdehnung erreicht. Aber auch Walter herrscht nun mit äußerst starker Hand. Immer mehr Massaker werden bekannt, bei denen hunderte oder gar tausende Menschen getötet werden. Journalisten werden nicht mehr ins Land gelassen, deshalb gibt es nur spärliche Informationen über die Geschehnisse vor Ort. Immer wieder kursieren jedoch Videos auf youtube oder Blogger twittern ihre Eindrücke und das vermeintlich brutale Vorgehen Hermanns im Internet. Doch was ist noch zu glauben? Anscheinend haben sich ganze Rebellenverbände zusammengeschlossen, um sich dem Militär zu widersetzen. Städte werden zu Hochburgen regierungsnaher oder –ferner Koalitionen. Die UN hat sich derweil auf leichte Sanktionen geeinigt, womit sie Druck auf die Regierung Walters aufzubauen versuchen. Manche Mitgliedstaaten drohen dem Terrorregime sogar, so dass Walter sich rasch isoliert fühlt. *(euphorisch)* Und was geschieht? Das für unmöglich Gehaltene wird wahr! Nach langen Querelen und vielen weiteren Massakern und Vorgehen gegen die Bevölkerung gibt sich der königliche Despot vordergründig zu Verhandlungen bereit, um ein Stück seiner Macht abzugeben und demnächst Wahlen abzuhalten. Die Welt horcht auf, ebenso das Volk. Doch reichen diese Zugeständnisse wirklich aus? Kann dadurch die Revolution gestoppt werden? Ist es nicht viel eher an der Zeit, abzudanken? *(räuspert sich)* Verehrtes Publikum, geneigter Leser, lange habe ich nun kommentiert und nicht ins

Geschehen eingegriffen. Jetzt nehme ich mir die Freiheit heraus, auch einmal ein Ständchen zum Besten zu geben! *(klatscht in die Hände)* Musik, bitte!

(Musik setzt ein und der Erzähler beginnt zu singen)
Wird das Volk nun Frieden finden?

(die Stimme aufgebracht: Was machst du denn da? Gesungen wird nur innerhalb der Szenen!)

(leise zur Stimme) Ich will aber nun auch einmal! Ich habe die gleichen Rechte wie alle hier!

(singt weiter) Wird's den Terror überwinden?

(die Stimme wie zuvor: Sei still! Was glaubst du, wer du bist?)

(zur Stimme) Ich habe eine Gesangsausbildung und bin nicht nur engagiert, um stets zu kommentieren! Ich habe die gleichen Rechte wie alle!

(singt) Wird die Freiheit nun errungen?

(die Stimme erneut: Du hast nicht die gleichen Rechte, verdammt noch mal! Du bist der Geschichte nicht immanent! Also schweig nun!)

(singt unbeirrt fort) Werden Rechte nun erzwungen?

(die Stimme: Jetzt platzt mir aber bald der Kragen!)

(von draußen hört man Zündel: Lass ihm doch auch seinen Ruhm!)

(die Stimme: Was mischst du dich denn nun ein?)

(singt) Das Schicksal liegt auf Messers Schneide,

(die Stimme: Musik aus! Sofort!)

(Musik setzt aus)

(Simone von draußen: Jetzt verdirb ihm doch nicht den Spaß!)

(singt trotzdem weiter) Tendierts zum Glück, tendierts zum Leide?

(die Stimme: Ich glaub, mich tritt ein Pferd! Ihr wollt mir auf de Nase herumtanzen? Ihr?)

(singt) Führt es sie bald aus der Not?

(die Stimme: Nun ist zappenduster! Schluss, Ende, Aus!)

(singt) Oder führt's sie in den …

(Plötzlich wird's dunkel auf der Bühne, kein Geräusch erklingt mehr)

ZWISCHENSZENE

An einem runden Tisch sitzen beisammen: Schauspieler, Erzähler, Dichter, Verlags- bzw. Theaterdirektor sowie die Stimme der Regieanweisung.

DIE STIMME *(aufgebracht aber freundlich)* So kann das nicht mehr weiter gehen! Das ist ein Theaterstück…

DER DICHTER *(pikiert)* Ein Lesedrama, bitte!

DIE STIMME Von mir aus auch das, aber was hier daraus gemacht wird, ist wirklich Unfug! Hier kann nicht jeder das machen, was er will. Hier gibt es Regeln!

DER ERZÄHLER Und wer stellt die auf?

DIE STIMME Ich stell die auf! *(allgemeine Unruhe)* Nun beruhigen Sie sich doch bitte wieder!

SCHAUSPIELER Wer hat Sie hier zum Alleinherrscher auserkoren?

DIE STIMME Nun immerhin trage ich die Verantwortung für das Stück, oder nicht? Ich dirigiere es!

DER DIREKTOR Also, die Verantwortung liegt immer noch bei mir! Und ich wünsche den größtmöglichen Erfolg, damit die Kassen klingeln und wir weiterhin unsere Brötchen verdienen können. Mit solcherlei Illusionsbrechungen jedoch zweifle ich stark an einem kommerziellen Erfolg!

DER DICHTER Dieser sollte nun ja auch wirklich nicht im Vordergrund stehen! Immerhin geht es um die Kunst, um die schöpferische Kraft, die zur Entfaltung gelangen soll!

DER DIREKTOR Um Himmels Willen, nun hören Sie aber auf! Das sind ja Vorstellungen von gestern!

SCHAUSPIELER Sehr recht, es geht um die moderne Umsetzung eines aktuellen Stoffes! Es geht um den Ausdruck! Und das ist nur mit uns möglich! Deshalb fordere ich mehr Rechte für unsere Kaste!

DER DIREKTOR Herrje, langweilen Sie mich nicht mit solchem Zeug! *(mit Dollarzeichen in den Augen)* Es geht um Profit, es geht ums Geld, und um sonst nichts!

DER ERZÄHLER Nun, immerhin benötigen Sie auch mich dafür! Und ich seh nicht ein, dass diese Bande von Schaustellern – *(zur Stimme)* wo haben Sie die nur aufgegriffen? – mehr zum Drama beitragen darf als ich!

DIE STIMME Also, nun ist aber mal gut! Jedem ist zu Beginn seine Rolle auferlegt worden. Wünschen Sie etwas anderes, hätten Sie sich von vorneherein beschweren müssen! Nun ist das Stück im vollen Gange!

DER DIREKTOR Sehr richtig! Es ist im vollen Gange und das Publikum wartet bereits auf die Fortsetzung, *(zum Publikum)* nicht wahr? *(da das Publikum nicht reagiert)* Nun, das ist wohl auch nicht mehr das, was es einmal war! Lethargisch und ohne Begeisterung!

DIE STIMME Ja, weil hier stets alles drüber und drunter geht! Es ist ihnen ja kaum zu verübeln! Einer muss nun mal strenges Regiment führen, ansonsten fällt der ganze Laden hier auseinander!

SCHAUSPIELER Wer sagt denn das?

DIE STIMME Das ist die Logik, die sich in der Welt bewiesen hat!

DER ERZÄHLER Und Sie schwingen sich zum Führer auf? Ist das hier eine Diktatur?

DIE STIMME Haben Sie etwa auf diesem Gebiet Erfolge aufzuweisen? – Nein? – Nun also, ich aber! Deswegen nehme ich mir die Freiheit heraus!

DER DICHTER Die größte Freiheit besitze ich, werter Herr! Ohne mich würde dies alles hier gar nicht existieren. Allein aus Ideen gebar ich dieses Leben!

DIE STIMME Einmal geboren, sucht sich das Leben jedoch seinen eigenen Weg!

DER DICHTER *(entzückt)* Horcht, horcht, welch weisen Worte! In der Tat wachsen die eigenen Kreaturen oftmals über unseren Kopf hinaus!

DER ERZÄHLER *(bestimmt)* Mir reicht es nun! So kommen wir zu keinem Konsens! Entweder ich bekomme mehr Rechte und Freiheiten oder ich verlasse diese Anstalt hier!

SCHAUSPIELER Da kann ich mich nur anschließen!

DER DIREKTOR *(beängstigt)* Aber meine Damen und Herren, es sei, wie es wolle! Hauptsache, es geht nun weiter! Danach können wir immer noch schauen!

DIE STIMME Keiner geht! Es wird nun bis zum Ende gespielt!

SCHAUSPIELER Wollen Sie uns drohen?

DIE STIMME Wenn es sein muss, anderes verstehen sie anscheinend nicht!

DER ERZÄHLER Das ist zu viel! *(erhebt sich und will gehen)*

DIE STIMME Sie können gerne gehen, doch dann werden Sie keinen einzigen Cent sehen!

DER ERZÄHLER *(wütend)* Das ist eine Unverschämtheit! Wer gibt Ihnen das Recht?

DIE STIMME Nun, der Dichter, wer sonst? *(alle schauen verdutzt den Dichter an)*

DER DICHTER *(abweisend)* Ich…ä..., also ich vermag an dem Gang der Dinge nichts zu ändern, es tut mir leid!

DER DIREKTOR Nun lassen Sie uns doch zur Vernunft kommen, meine Damen und Herren!

SCHAUSPIELER *(zornig)* Das werden wir! Wir gehen! *(erhebt sich, steigt zusammen mit dem Erzähler von der Bühne und geht am Publikum vorbei Richtung Ausgang)*

DIE STIMME *(ruft ihnen hinterher)* Ich habe es nicht so gewollt, aber Sie lassen mir keine andere Wahl! *(klatscht in die Hände. Uniformierte mit Maschinengewehren verstellen plötzlich die Eingänge des Theatersaals)*

DER ERZÄHLER *(erschrocken)* Was soll das nun?

DIE STIMME *(über das Publikum hinweg)* Wenn Sie nicht hören wollen, muss ich Sie zum Hören zwingen!

DER DICHTER *(zum Publikum bzw. zu Ihnen, werter Leser)* Hier gerät einiges aus den Fugen!

SCHAUSPIELER Sie wollen uns zwingen zu spielen?

DIE STIMME So sieht's aus!

DER DIREKTOR *(erleichtert)* Gott sei dank, Hauptsache, es geht weiter!

DIE STIMME Ich habe versucht mit Ihnen zu reden, doch anscheinend wollen Sie nicht hören! Dann muss es halt erzwungen werden!

SCHAUSPIELER *(rachsüchtig)* Das werden Sie noch büßen, mein Herr!

DIE STIMME *(lächelnd)* Na, das möchte ich sehen!

SCHAUSPIELER Das werden Sie, das verspreche ich Ihnen!

DIE STIMME Nun kommen Sie zurück und spielen dieses Stück zu Ende! *(ein paar Uniformierte schreiten auf die Gruppe der Querulanten vor, woraufhin diese sich eingeschüchtert wieder auf die Bühne begibt, danach die Stimme mit einem Lächeln)* Sehr brav! Kann es also nun weiter gehen?

DER ERZÄHLER *(mit knirschenden Zähnen)* Von mir aus!

SCHAUSPIELER *(wie der Erzähler)* Wenn Sie es wollen!

DER DIREKTOR *(glücklich)* Sehr gut! Bravo! Also rasch! Das Publikum wartet! Vielleicht kommt ja doch noch etwas bei rum!

DIE STIMME Und nun hört alles auf mein Kommando! *(alle gehen ab, bis auf den Dichter)*

(Musik setzt ein)

DER DICHTER *(singt)*

>Ausgeburten aus dem Kopf,
>Ausgeburten aus der Hölle…

(die Stimme: Musik aus! Bei dieser Zwischenszene gibt's kein Lied!)

(enttäuscht) Aber, aber…*(resigniert, danach zum Leser)* Passen Sie bloß auf, dass es nicht auch Sie noch erwischt! Selbst das Publikum ist nun schon eingekesselt von die-

sen Schergen! *(zeigt auf die Uniformierten an den Ausgängen, danach vertraulich)* Schauen Sie am besten einmal unter Ihrem Bett nach, oder in Ihrem Schrank, ob auch Sie bereits beobachtet werden!

(die Stimme lakonisch: Werter Herr Dichter!)

(ängstlich) Ja ja, ich komme, ich komme ja schon!
(schlendert demütig von der Bühne)

15.

Ein Flugblatt wird durch das Publikum gereicht, dessen Inhalt hier im Kurzen für den Leser wiedergegeben wird: Man bittet um Entschuldigung und Nachsicht für die zuletzt gezeigten Szenen sowie die bereits seit dem ersten Auftritt immer wieder eingetretenen Unannehmlichkeiten. Man hofft auf das großzügige Verständnis des Publikums – bzw. nun auch auf Ihres – und beginnt noch einmal mit dem 14. Kapitel, in der Hoffnung, das Drama nun auf den eigentlichen Plot konzentrieren und alle weiteren Fauxpas bereits im Vorhinein ausmerzen zu können. Unterzeichnet von der Regie und Direktion.

14.

Die Szene stellt ein Video dar, hochgeladen im Internet. Das Setting auf der Bühne besteht aus einem überdimensionalen Computer, auf dessen Bildschirm das Video angeschaut wird. Dabei, sehr geehrter Leser, stellen Sie sich bitte nicht die Bühne vor, sondern einen wahrhaften Computer oder Laptop oder von mir aus auch ein Handy, auf die die Menschen rund um die Welt gebannt blicken und die Ereignisse verfolgen.

EINE JUNGE FRAU *(filmt die Menschen auf der Straße, die Freudentänze aufführen. Dabei hört man lediglich ihre Stimme)* Es ist Wahnsinn, was sich hier abspielt! Soeben haben wir erfahren, dass Walter gedenkt, abzudanken! Unsere Träume gehen in Erfüllung! Nach all den Jahren und all den Toten der vergangenen Wochen! Was sagst du dazu?

EIN JUNGER MANN *(kommt ins Bild, hinter ihm sieht man den überfüllten Platz des himmlischen Friedens mit der gestürzten Statue Walters, völlig euphorisch)* Das ist unser Tag! Wir haben endlich erreicht, was wir wollten: Eine Veränderung, einen ersten Schritt! Aber wir fordern noch mehr! Das kann noch nicht alles sein! Das war erst der Anfang!

DIE JUNGE FRAU Ja ich denke auch!

DER JUNGE MANN Wir brauchen dringend Reformen in größerem Ausmaß!

DIE JUNGE FRAU Ja genau!

DER JUNGE MANN Und Walter muss abdanken! Er muss gehen!

DIE JUNGE FRAU Ja er muss verschwinden!

GRUPPE JUNGER LEUTE *(rennt durchs Bild und tanzt mit den Beiden. Danach schreien sie vor lauter Freude in die Kamera)*

DIE JUNGE FRAU Die ganze Stadt ist wieder auf den Beinen! *(schwenkt das Bild, eine Menschenmenge ungeahnten Ausmaßes wird sichtbar)*

DER JUNGE MANN Nun müssen wir weiter machen! Wir müssen dranbleiben! Dann erreichen wir auch den Sturz Walters! Wir lassen uns nicht zu Gesprächen hinreißen, solange ein Massenmörder noch an der Macht ist! Unsere erste Forderung ist sein Rücktritt!

DIE JUNGE FRAU *(fängt eine alte Frau auf, die mit ihrem Mann freudig die Straße entlang geht, danach eine junge Familie mit ihren kleinen Kindern)* Das sind schöne Bilder! Ach, die Freiheit blüht auf!

DER JUNGE MANN *(euphorisch)* Da ist Volker! Sieh nur – da ist Volker! Er will wieder zu uns sprechen! *(die Menge schreit und bebt, in der Ferne besteigt Volker eine Bühne)*

DIE JUNGE FRAU Ich verstehe gar nichts! Was sagt er?

DER JUNGE MANN Er wird bestimmt das gleiche sagen: Der erste Schritt ist getan! Aber Walter muss zurücktreten! Erst dann führen wir Gespräche!

DIE JUNGE FRAU *(nach einer kurzen Pause)* Was passiert da?

DER JUNGE MANN Ich weiß nicht recht. Die Menge stiebt irgendwie auseinander. Ich kann nichts erkennen! *(beide werden plötzlich von der Masse mitgerissen, das Bild verwa-*

ckelt, immer wieder sieht man jedoch zivil gekleidete Personen auf die Demonstranten einschlagen)

DIE JUNGE FRAU *(voller Angst)* Was passiert hier?

DER JUNGE MANN *(bereits in einiger Entfernung)* Ich weiß nicht, lauf nach Hause! Renn! Hau ab!

DIE JUNGE FRAU *(schreit ihm hinterher)* Wo willst du hin? *(verliert ihn, plötzlich sieht man kurz das ältere Pärchen blutend auf der Straße liegen, daneben kniet die junge Familie über eines ihrer Kinder, überall hört man Schreie, überall sieht man Blut)* Was passiert hier? *(auf einmal hört man einen dumpfen Schlag, die Kamera fällt auf den Boden und das Bild erlischt)*

(Musik setzt ein)

(Niemand singt)

(Musik setzt aus)

15.

Nun befinden wir uns wieder in dem prunkvollen Anwesen Walters. Er sitzt gemütlich in einem Liegestuhl in seinem Garten, hört Musik und liest Karl Marx. Neben ihn auf einem kleinen Thron gebettet: sein Teddy. Hermann und Lakai stürmen auf den Despoten zu.

WALTER *(ruft ihnen entgegen)* Nein bitte, nicht schon wieder! Vergeht denn nicht mal ein einziger Tag, an dem man seine Ruhe hat?

LAKAI *(gelangt zu Walter)* Heil Walter!

(die Stimme: Wo ist Hermann schon wieder, verdammt noch mal?)

(leise zur Stimme) Ich glaube, der hat schon wieder getrunken und schläft seinen Rausch in der Umkleide aus.

(die Stimme wütend: Das darf doch alles nicht wahr sein! Egal, ich kümmere mich drum! Weiterspielen!)

(zu Walter) Heil Walter!

WALTER *(musste kurz lächeln. Nach einem Räuspern wieder genervt)* Schon mal diesen Marx gelesen?

LAKAI Nein, Eure Heiligkeit!

WALTER Besser so, glaube mir. Das ist ja der größte Unfug, den ich jemals gehört habe! Aber was gibt es denn schon wieder?

LAKAI Die Querulanten, Eure Eminenz!

WALTER Sind diese elenden Schmarotzer denn immer noch nicht ausgerottet?

LAKAI *(ängstlich)* Im Gegenteil, mein Führer, im Gegenteil!

WALTER *(verblüfft)* Was soll das nun wieder heißen?

LAKAI Das ganze Volk scheint infiziert zu sein, angesteckt mit diesem Virus. Bestimmt vom Westen verbreitet! Eine Art chemische oder biologische Waffe!

WALTER Und die zivilen Schlägertrupps, denen ich befohlen habe, einzuschreiten? Was ist mit der Gegendemonstration, deren Nachricht wir im Fernsehen verbreitet haben?

LAKAI Leider nichts, Eure Hoheit!

WALTER Was heißt „nichts"? Nimmt man sie nicht wahr?

LAKAI Leider nicht als das, was wir erhofften. Einstimmig sagt man ihnen nach, sie seien von uns geschickt.

WALTER Herrje, hier läuft ja alles aus den Rudern.

SIMONE *(schreitet in der Ferne auf die Beiden zu. An ihrer Seite ein fremder Mann)* Heil Walter!

WALTER Nicht jetzt, Weib!

SIMONE Aber ich wollte dir doch den Großcousin vierundzwanzigsten Grades vom Schwager meiner Stiefschwester vorstellen. Er wird doch bald der neue Sachverwalter unserer Region.

WALTER *(zornig)* Ich habe gesagt: Nicht jetzt, verdammt noch mal!

SIMONE *(zum Großcousin vierundzwanzigsten Grades vom Schwager ihrer Stiefschwester)* Ok, lass uns gehen! Wir kommen ein anderes Mal wieder! *(beide ab)*

WALTER *(zu Lakai)* Mein Gott, immer diese Schwipp und Schwapp Geschichten! Ich weiß überhaupt nicht mehr, wer für mich arbeitet.

LAKAI Irgendjemand aus der erlauchten Familie wird's schon sein!

WALTER Das stimmt wohl! Aber was hat Er denn jetzt schon wieder?

LAKAI Die Querulanten, Euer Ehrwürdigen! Die Querulanten besetzen das ganze Land. Eine Gegenregierung hat sich bereits gebildet, mit der der Westen verhandelt.

ZÜNDEL *(erscheint plötzlich in der Uniform Hermanns)* Heil Walter! *(leise zu den Beiden)* Ich muss nun Hermanns Rolle spielen. *(schmunzelnd)* Der steht erstmal nicht mehr so schnell auf!

WALTER *(schüttelt den Kopf)* Das ist doch ein Schlamassel hier! Nun gut…Hermann, schön, dass Er sich auch noch zu uns gesellt! Was gibt es Neues an der Front?

ZÜNDEL bzw. HERMANN Nichts Neues, Eure Erlaucht! Die Proteste gehen unbeirrt weiter, trotz massiver Einschreitungen unsererseits, das halbe Volk ist bereits liquidiert!

WALTER Das darf doch nicht wahr sein!

ZÜNDEL *(zum Publikum wie ein kleines Kind)* Ach, ich freu mich so trotz meines Todes noch einmal spielen zu dürfen!

LAKAI Deswegen müssen wir nun alles auf eine Karte setzen!

WALTER Was ist denn mit den Verhandlungen, die ich angeboten habe? *(nachdenklich)* Vielleicht ist es ja wirklich einmal an der Zeit, ein wenig Macht abzugeben – nicht zu viel, aber so, dass das Volk sich belohnt fühlt.

ZÜNDEL bzw. HERMANN Aber mein Führer! Sagen Sie doch so etwas nicht!

WALTER Ich meine ja nur, ein wenig Schein kann doch alles wieder ins rechte Lot setzen!

ZÜNDEL bzw. HERMANN Wir dürfen uns diesen Querulanten doch nicht beugen!

LAKAI Der General hat Recht, Eure Gottgesandtheit! Vor allem, weil die Querulanten nicht zu Verhandlungen bereit sind.

WALTER *(entsetzt)* Sind sie nicht?

LAKAI Nein, sind sie nicht! *(ängstlich)* Sie fordern…nun ja…Euren Rücktritt! Erst dann wollen Sie Ruhe geben!

WALTER *(springt auf und schreit)* Meinen Rücktritt? Sie wollen meinen Rücktritt? Was meinen diese Ausgeburten denn, wer sie seien?

ZÜNDEL bzw. HERMANN *(berichtigend)* Querulanten, Eure Eminenz, es sind Querulanten!

WALTER *(geht auf ihn los)* Was erlaubst du dich, Zündel…äh Hermann? *(packt ihn am Kragen)*

ZÜNDEL bzw. HERMANN Entschuldigen Sie, Eure Gnaden!

WALTER *(lässt ihn wieder los)* Ich bin nur von Idioten umgeben! *(fasst sich wieder, indem er seinen Teddy nimmt und ihm das Fell krault)* Also sehe ich das richtig, Lakai? Ich soll einfach so abdanken, obwohl das Volk – obwohl mein Volk – mein eigenes Volk mich doch liebt?

LAKAI *(ängstlich)* Genau das fordern diese Querulanten, Eure Heiligkeit! Und deswegen dürfen wir auch keinen Deut weichen! Es sind ja nur Querulanten! Es ist eine

Verschwörung von außen. Wir müssen nun alles auffahren, was wir haben, sonst sehen wir uns bald wieder in die Zeiten des Kolonialismus zurückversetzt. Dieser Westen will doch nur unsere Erdvorkommen! Er will unsere Schätze! Er will uns ausnehmen und das Volk fällt auf die leeren Versprechungen rein!

WALTER *(sein Gesicht verdüstert sich und er hält kurz inne. Lakai und Zündel bzw. Hermann blicken sich ungeduldig an. Nach endlos scheinenden Minuten bricht er endlich sein Schweigen, ein Scheinwerfer setzt ihn ins Rampenlicht)* Diese Querulanten sollen mich kennen lernen! Die ganze Welt soll mich kennen lernen! Nun gehen wir aufs Ganze! Will hier niemand hören, müssen sie alle fühlen! Mit Sanftmut habe ich versucht, diese Auswüchse einzudämmen – nun hilft nur noch die rohe Gewalt. Wenn sie meine Gutmütigkeit verachten und mit Füßen treten, muss ich andere Seiten aufziehen! Lehnen sie meine Milde ab, wird sie meine Härte ins Mark treffen! Ab nun keine halben Sachen mehr! Fahrt alles auf, was wir haben! *(in seinen Augen spiegelt sich der Wahnsinn wider)* Diese Welt will mich vernichten? *(ballt die Faust)* Diese Welt soll mich kennen lernen!

(Musik setzt ein)

DIE GEWALT *(mit einer Piepsstimme zum Publikum und zu Ihnen, geneigter Leser)* Entschuldigen Sie meine Stimme! Ich musste mich leider einer Operation an den Stimmbändern unterziehen. Dies sollte Sie aber nicht an einer Einfühlung hindern!

(beginnt zu singen)

Wenn Worte lediglich verhallen,
Wenn sie nichts nutzen, nur erschallen,
Wenn reden keinen Sinn mehr macht,
Dann holt man mich aus tiefster Nacht!

Wenn Diskussionen nichts einbringen,
Dann soll die Fäuste ich hart schwingen!
Wenn man den Kopf durchsetzen will,
Heißt die Parole: Kill them! Kill!

Ob reich, ob arm, ob jung, ob alt,
Ein Jeder nutzt einmal Gewalt!

Bereits seit Anbeginn der Zeit
Ist jener Weg zu mir nicht weit!
Denn alles, was der Mensch erschaffen,
Ruht auf dem Fundament von Waffen!

Ägypten, Griechenland und Rom,
Benutzten mich vielfältig schon!
Das Mittelalter, die Moderne,
Sie sahn und sehen mich zu gerne!

Ob reich, ob arm, ob jung, ob alt,
Ein Jeder nutzt einmal Gewalt!

Revolutionen und Epochen,
Sie wurden erst durch mich erfochten!
Kultur und Zivilisation
Ist meiner Arbeit harter Lohn!

Auf Erden geht's nicht ohne mich,
Ist es auch manchmal widerlich!
Ich bin des Menschen innrer Kern,
Ich lieg ihm nah und doch so fern!

Ob reich, ob arm, ob jung, ob alt,
Ein Jeder nutzt einmal Gewalt!

16.

Ungehindert rollen nun unzählige deutsche und italienische Panzer durch das Land. Ebenso verdüstern Schwärme von Hubschraubern und Kampfjets anderer westlicher Nationen den Himmel. *(lacht kurz auf)* Aber nein, machen Sie sich keine Illusion! Die UN hat nicht eingegriffen, auch wenn zunächst der Eindruck erweckt werden soll. Es ist lediglich das Waffenarsenal Walters. Dem internationalen Waffenhandel sei Dank, ansonsten müsste der arme Despot wohl kapitulieren. Meine Damen und Herren, das Drama steuert nun ungehindert auf die Katastrophe zu. Allein das dramaturgische Mittel ‚deus ex machina' vermöchte das Ende noch abzuwenden. Doch das werden Sie hier leider nicht finden! *(nachdenklich)* Oder doch? – Egal, die Bühne wird im Folgenden dreigeteilt. Auf der linken Seite steht ein Panzer, der immer wieder feuert und aus dessen Luke immer wieder Soldaten schauen. Auf der rechten Seite steht ein Kampfjet, in dessen Cockpit ebenfalls Soldaten sitzen und schießen. Hinter beiden Szenen sind auf Videoleinwänden Massaker zu sehen. In der Mitte sitzt ein 13jähriger Junge blutüberströmt und gefesselt auf einem Stuhl. Ein ferngesteuertes Hubschraubermodell fliegt währenddessen durch den Saal über das Publikum hinweg.

FOLTERKNECHT *(betritt in einer chinesischen KP Uniform die Mitte der Bühne)*
(die Stimme aufgebracht: Was ist das nun schon wieder für eine Uniform? Spinnst du denn?)

(zur Stimme) Das war die einzige, außer den Wehrmacht-uniformen, die ich noch gefunden habe.

(die Stimme: Ach du große Güte! Das wird eine vernichtende Schlagzeile geben!)

(aus dem Publikum steht empört ein Chinese auf und verlässt den Raum. Auch der ein oder andere chinesische Leser legt das Buch beiseite)

(die Stimme: Nun steh da nicht so rum! Fang an!)

(geht auf den Jungen zu) Willst du denn immer noch nicht reden? Wo ist dieser Volker? Wo ist dieser Rebell und Aufständische?

JUNGE *(sichtlich mitgenommen)* Ich weiß es nicht! Ich weiß es wirklich nicht!

FOLTERKNECHT So, du weißt es also nicht! *(schlägt das Kind)* Fällt es dir jetzt vielleicht wieder ein?

JUNGE *(spuckt Blut und beginnt zu weinen)* Ich weiß es wirklich nicht!

FOLTERKNECHT Du wirst dich nicht mehr retten kön-nen, mein Junge! Als nächstes sind deine Eltern dran, danach deine Schwester! Und mit der werden wir noch ganz andere Dinge anstellen! Also sprich lieber!

JUNGE *(verzweifelt)* Aber ich weiß es doch nicht! Verdammt noch mal, ich weiß es nicht!

FOLTERKNECHT Das ist die falsche Antwort! Weißt du, ich kann das den ganzen Tag mit dir treiben *(schlägt das Kind erneut)*! Ich weiß nur nicht, ob du das schaffst oder ob du nicht vorher stirbst! *(mit einem blutrünstigen Lächeln öffnet er seinen Folterkoffer)* Ich habe noch ganze andere Methoden, dich zum Reden zu bringen!

EINE FRAU AUS DEM PUBLIKUM *(steht auf und ruft entsetzt auf die Bühne)* Um Himmels Willen, lassen Sie doch bitte das Kind in Ruhe! Das ist ja nicht auszuhalten! Wir wollten ein wenig unterhalten werden, aber das geht doch jetzt eindeutig zu weit! Solche Gewaltexzesse kann man doch nicht auf die Bühne bringen! *(zu ihrem Mann)* Komm Jürgen, wir gehen! *(der Mann erhebt sich ebenfalls und beide gehen aus dem Saal. Daraufhin erhebt sich der Großteil des Publikums und macht es unter empörten Rufen den beiden nach. Die Soldaten an den Eingängen versuchen sie zunächst aufzuhalten, lassen sie dann aber doch gewähren, jedoch nicht, ohne sie zu verfolgen)*

(die Stimme verzweifelt: Erzähler, auf die Bühne! Du musst das Publikum beruhigen!)

17.

(stolpert auf die Bühne, danach zur Stimme) Was soll ich denn nun sagen?

(die Stimme aufgeregt: Keine Ahnung, sag doch irgendwas. Du musst das Publikum wieder einfangen!)

(überlegt kurz) Meine Damen und Herren, bitte beruhigen Sie sich doch wieder! Das Stück ist noch nicht zu Ende. Die drastischen Szenen werden mit voller Absicht gezeigt, damit sie die Realität kennen lernen! Das Stück wird nur noch einige Minuten dauern! Wollen Sie denn nicht wissen, wie es endet? Sie können doch jetzt nicht einfach gehen! *(achselzuckend nach oben, dann beherzt)* Ich verspreche ihnen, dass im weiteren Verlauf keine Gewaltszenen mehr zu sehen sind *(ein Teil des Publikums kehrt aus Neugier mürrisch um)*! Vielen Dank! Kommen Sie und setzen Sie sich wieder! Machen Sie es sich bequem! Es sind nur noch ein paar Szenen zu spielen! *(annähernd die Hälfte des Publikums sitzt nun wieder und wartet auf das Ende)*

(die Stimme: Sehr gut, Erzähler! Straffen wir das Programm nun etwas! Fass kurz die Szenen bis zum letzten Auftritt zusammen! Dann geht's weiter!)

Aber ich weiß doch gar nicht auswendig, was alles geschieht.

(die Stimme: Dann hol dir ein Drehbuch!)

(schaut sich um, geht kurz hinter die Bühnen und kommt mit einem Drehbuch wieder) Sitzen alle wieder? Alle wieder beruhigt? *(wartet eine kurze Zeit, in der er das Manuskript durchblättert)* Während also nun Walter beinahe sein ganzes Volk ausrot-

ten lässt, schaut die UN lediglich zu und droht nur hin und wieder. Die Proteste werden derweil brutal niedergeschlagen. Immer neue Massaker kommen ans Tageslicht. *(blättert wieder ein wenig)* Eine Ausgangssperre wird erlassen und jeder, der danach noch auf der Straße angetroffen wird, alsgleich erschossen. Alle Städte des Landes verwandeln sich in Geisterstädte. *(blättert erneut)* Oh das wäre noch eine schöne Szene gewesen! Schade –…Auch wenn vereinzelt die Proteste noch weiter gehen, ändert dies nichts mehr an der Lage. Walter befiehlt, alle Querulanten zu töten, und säubert sogar in seiner eigenen Armee, ja selbst im eigenen Palast. Diese Säuberungsaktion soll laut Walter, wenn es denn halt sein muss, bis zum letzten Mann weitergehen! *(liest erneut ein Stück)* Volker versteckt sich währenddessen mit ein paar Aufständischen, um das letzte Aufbäumen zu planen: Der Angriff auf den Präsidentenpalast! Sie fühlen sich vom Westen im Stich gelassen und wollen ihr Schicksal nun selbst in die Hand nehmen. Aus Rücksicht auf das Publikum entfallen diese Szenen nun, aber ich darf Ihnen versichern, dass diese Szene es in sich gehabt hätte! Zu schade, dass wir sie nun streichen müssen! Aber ich verstehe Sie: Sie sehen diese schrecklichen Bilder ja schon Tag für Tag in den Nachrichten, da wollen Sie nicht auch noch in ihrer Freizeit damit belästigt werden. Ich halte also nur das Ergebnis fest: Die letzten Aufständischen, die gleichzeitig auch die letzten Menschen des Volkes darstellen, greifen mit aller Macht den Palast Walters an. Dieser lässt alle noch verfügbaren Soldaten, denn viele von ihnen sind auch gefallen oder übergelaufen, aufmarschieren. Es kommt zum erbitterten Endkampf, bei dem sich beide Parteien gegenseitig aufreiben. *(lacht, während er liest)* Ach, wäre das noch lustig geworden, wie Lakai zu Tode kommt, oder auch Simone. *(mit einer ernsten Miene)* Tragisch allerdings der Tod Volkers. Nun ja, jedenfalls werden alle getötet, das Volk ist ausgelöscht, es gibt niemanden mehr!

(ein Mann aus dem Publikum steht auf: Was für ein Schwachsinn! Das ganze Volk soll nun tot sein? Sowas hab ich ja noch nie gehört!)

Dann verstehen Sie anscheinend nicht den tiefgründigen Sinn dahinter!

(der Mann: Schwachsinn! Ich gehe!)

(der Mann geht ab, ebenso weitere Zuschauer, die wieder durch die bedrohlich wirkenden Uniformierten begleitet werden. Ein paar wenige Neugierige bleiben noch übrig)

18.

Nun, meine Damen und Herren, lieber Leser, es bleibt nicht mehr viel übrig! Walter allein überlebt und sitzt in seinem Zimmer, neben ihm sein geliebter Teddy. Nun könnte er über alle unbehelligt herrschen, er könnte ohne Probleme durchsetzen, was er wollte, könnte sich an allen bereichern, alle foltern, aufmarschieren lassen…wäre, ja wäre nur noch jemand da. Aber mir scheint, als hecke er schon etwas Neues aus.

WALTER *(streichelt seinen Teddy, dabei lächelnd)* Ich habe gewonnen! Ich habe meine Herrschaft gesichert! An meinem Thron ist nicht zu sägen, komme, was wolle! Ich bin Walter! Ich bin der einzig legitime Herrscher! Mein Volk liebte mich! Sie waren nur geblendet, geblendet durch diesen Westen! Ansonsten liebten sie mich! Ich werde ein neues Volk aufbauen, über dem ich erneut herrisch thronen werde! Sie werden mich wieder lieben! Denn ich bin Walter, Walter der Despot! *(kurze Pause)* Um meine grenzenlose Macht auf Ewigkeit zu sichern, bleibt nicht mehr viel zu tun! *(ruft hinter die Bühne)* Erzähler, wo bist du?

ERZÄHLER *(erscheint verdutzt)* Was ist los?

WALTER Nichts Weiteres! *(plötzlich lächelnd)* Nur dein Ende!

ERZÄHLER Bist du nun ganz von Sinnen?

WALTER Ich nicht, aber ein Versprechen der Regie bedeutet meine Alleinherrschaft!

ERZÄHLER Was redest du? *(schwankt plötzlich)* Wie wird mir zumute? Warum ist mir so schlecht? Werd ich denn schon wieder ausradiert? *(torkelt über die Bühne)* Elendiges Pack! Dahinter steckt ihr beiden! Und dafür habe ich euch durchs Drama geführt, um nun so abzudanken! *(eindringlich zum Publikum und zum Leser)* Flieht, bevor ihr auch noch dran seid! *(schreit)* Flieht! *(fällt hin und stirbt)*

WALTER Ein weiterer Baustein meiner grenzenlosen Macht! *(nach einer kurzen Pause)* Bleibt also nur noch eines zu tun! *(geht zum Technikpult)*

(die Stimme aufgeregt: Was machst du da? Hör auf damit! Du bist ja von Sinnen!)

Ich bin Walter! Ich bin der Despot und ich mache, was ich für richtig halte! Ein Jeder tanzt nach meiner Pfeife! *(findet das Kabel der Hauptstromversorgung)*

(die Stimme: Du willst mich eliminieren? Das wagst du nicht! Du bist immer noch der Schauspieler und ich der Regisseur!)

Du bist nur eine nervige Stimme! Ich hab doch gesagt, dass du deine gerechte Strafe finden wirst! Du bist als einziger noch übrig. Allein du kannst mir die Herrschaft noch streitig machen!

(die Stimme plötzlich schmeichelnd: Nun sei doch nicht so! Ich habe doch nie etwas böse gemeint! Ich habe doch stets nur an das Werk gedacht!)

Zu spät, mein Lieber! Es ist zu spät, nun auf Knien angekrochen zu kommen. Du hast deine Chance verwirkt! *(die Stimme mit Todesangst: Nein warte, tu das nicht!)* *(zieht den Stecker...Stille) (setzt sich nach wenigen Minuten an den Rand der Bühne, in seinem Arm sein Teddy)* Tja, man darf sich halt nicht mit mir anlegen! Ich bin Walter! Ich bin der einzige Herrscher! Ich allein habe die Macht! Und ich lasse jeden umbringen, der sich mir in den Weg stellt! *(lacht unbarmherzig und aus vollem Munde)* Nun gibt es aber niemanden mehr, der an mir zweifeln könnte! Nun sind nur noch wir beiden da! *(schaut sich um)* Oder? *(blickt mit geröteten Augen ins Publikum, ebenso in Ihre Augen)* Da ist ja doch noch jemand!

(der Vorhang fällt)

(19.)

Das Publikum steht auf und wendet sich zum Ausgang. Allgemeiner Trubel, während die Mondscheinsonate erklingt.

EINE FRAU *(empört)* Also so etwas habe ich ja noch nie gesehen? Soll das nun die neue Art des Theaters sein?

EIN MANN *(fassungslos)* Ich bin bestürzt! Wie heißt denn nur der Autor? Verklagen müsste man den!

EIN WEITERER MANN *(wütend)* Ich möchte mein Geld zurück!

EIN DRITTER MANN *(erbost)* Das ist ein absoluter Skandal!

EINE WEITERE FRAU *(zornig)* Und das nennt man Unterhaltungsprogramm? – Lächerlich!

EIN VIERTER MANN *(aufgebracht)* So viele Fakten willkürlich zusammengeschustert! Einfach skandalös!

EINE DRITTE FRAU *(entrüstet)* Und dieser Walter! Einfach unterirdisch die Leistung!

EINE VIERTE FRAU *(rüttelt an der Flügeltür des Ausgangs)* Ich bekomm die Tür nicht auf! – Verschlossen!

EIN SECHSTER MANN Ach was, lassen Sie mich einmal! *(versucht es ebenfalls erfolglos)*

EINE ANDERE FRAU *(panisch)* Wir sind eingeschlossen!

NOCH EINE ANDERE FRAU *(voller Angst)* Oh Gott, wir sitzen fest! So hilf uns doch jemand! – Hilfe!

(Allgemeine Panik breitet sich aus. Plötzlich strömt Gas in den Saal)

DER ZUVOR ÜBERGANGENE FÜNFTE MANN Was
ist das? Herrje, was zum Teufel ist das?

*(Auf die noch herunter gefahrene Leinwand wird ein Bild Walters
projiziert. Er lächelt und hält seinen Teddy in der Hand. Die Zuschauer stürzen übereinander, laufen sich gegenseitig um, versuchen
einen Ausgang zu finden, werden jedoch mit der Zeit immer müder und
fallen schließlich zu Boden. Das Bild grinst ihnen weiterhin entgegen.)*

(PARABASE)

Sie legen das Buch weg, hängen ein wenig Ihren Gedanken nach, ärgern sich wahrscheinlich über die vergeudete Zeit, die Sie mit der Lektüre dieses Dramas in Kauf genommen haben. Sie denken über die Verhältnismäßigkeit nach, die in diesem Drama auf den Kopf gestellt wird. Und trotz allem sind Sie denkbar froh, dass Sie nicht in solch einem Land leben. Ihnen kann ja hier zu Hause nichts geschehen! All diese schlimmen Sachen sind weit, weit weg! – Da klingelt plötzlich jemand an der Tür. Sie fahren erschrocken hoch. Wer könnte das um diese Uhrzeit noch sein? Erwarte ich jemanden? Oder war es nur eine Illusion? Stille. Totenstille. Sie können keinen klaren Gedanken fassen. Vielleicht nur eine Einbildung? Da pocht es plötzlich an der Tür. Und da schon wieder. Immer lauter, immer aggressiver. Wer ist das? Verdammt noch mal, was soll das? Ihr Herz pocht, es möchte Ihrer Brust entspringen. Kann es sein, dass Walter tatsächlich existiert? Kann es sein, dass er nun tatsächlich vor meiner Tür steht? Gibt es wirklich solcherlei Despoten? Da – das Pochen hat aufgehört. Sie wagen nicht, sich zu rühren. Sie wagen nicht, nachzuschauen, wer vor Ihrer Tür steht. Die Angst ist bleiern. Sie drückt sie nieder. Was wird hier gespielt? Plötzlich wird mit einem lauten Knall Ihre Tür aufgetreten, Sie springen auf, versuchen zu fliehen, versuchen zu entkommen, Sie rennen los, doch es gibt keine Fluchtmöglichkeit! Und dann steht er plötzlich vor Ihnen. Sie erkennen noch den Teddy, bevor ewige Schwärze Sie umgibt.

Und so herrscht der überall angesehene und geliebte Despot bis ans Ende seiner Tage. Und wenn er nicht gestorben ist, dann tötet er noch heute!

Mehr über Autor und Werk auf seinem Literaturblog:

⊕ www.yannickdressen.de
f www.facebook.com/YannickDressen
⊙ www.instagram.com/yannickdressen